DI

DIMAS

Wilson Carrillo

Para realizar pedidos de este libro, contacte con:
Palibrio
1663 Liberty Drive
Suite 200
Bloomington, IN 47403
Gratis desde EE. UU. al 877.407.5847
Gratis desde México al 01.800.288.2243
Gratis desde España al 900.866.949
Desde otro país al +1.812.671.9757
Fax: 01.812.355.1576
ventas@palibrio.com
437313

DEDICATORIA

**PARA YVONNE INÉS
MI PRIMERA NIETA
CON TODO MI AMOR.**

A MIS LECTORES

Este libro está escrito como un guión para película, de modo que mientras esa película no se produzca, el lector tendrá la oportunidad de ejercitar una mayor creatividad sobre los espacios y personajes mencionados en esta obra.

Cristo dijo que había venido principalmente para los pecadores. Él estará tratando siempre de salvarnos sin cansarse hasta el último momento de nuestras vidas, quizá éste sea el principal mensaje de esta obra.

ESCENA 1

PERSONAJES:

JESÚS edad aproximada 33 años, puede ser preferentemente de pelo y barba negros, pero su aspecto queda en libertad de acuerdo al lugar donde se pretenda presentar la obra.

DIMAS: hombre de aproximadamente 40 años (conocido entre los cristianos como el buen ladrón)

GESTAS: también de unos 40 años, resentido o permanentemente de mal genio.

SUMO SACERDOTE: Hombre de 55 o más años con largas y lujosas vestiduras.

SACERDOTES Serán hombres mayores de larga barba pueden ser seis en total.

SOLDADOS ROMANOS: entre 12 a 15, se destacan unos con mayor categoría.

GRUPOS FAMILIARES: frente a la cruz de Cristo 5 mujeres y un hombre como de 20 años. Frente a la Cruz de Dimas: dos hombres que tienen más de sesenta años: (Silas y Mateo) dos hombres Jóvenes: (Esteban y Simón, éste es de raza negra) y hay una mujer como de 40 años: Sara, mujer de Dimas. Frente a la cruz del otro ladrón no hay nadie. En esta primera escena los grupos familiares estarán separados del resto de la multitud.

MULTITUD: más de 100 personas.

LUGAR Y TIEMPO: Monte Calvario en Jerusalén. Año 33 DC.

Esta primera escena está filmada desde muy lejos, en una toma, que cada vez se va aproximando hacia los personajes principales. Representa la ciudad de Jerusalén vista panorámicamente, mientras por el acercamiento, se empiezan a divisar sobre el monte Calvario tres cruces. La cámara irá mostrando poco a poco los grupos principales presentes, en donde se destaca el de los sacerdotes, con rostros sonrientes, alguno señalando hacia las cruces y diciendo algo que aún no se puede distinguir. La toma finalmente parece mostrar el punto de vista de Jesús desde lo alto de la cruz.

En contraste hay grupos de familiares con gran pesar. Estos grupos de personas están custodiados por los soldados de bajo rango, mientras el de los soldados de mayor jerarquía estará jugando a los dados. La multitud estará formada por unas cien personas aproximadamente. El grupo tendrá una mayoría de Judíos, unos pocos negros y blancos preferentemente entre los soldados.

Es aproximadamente las tres de la tarde, pero hay poca visibilidad, porque inicia un eclipse de sol. *(que alguna cámara puede mostrar.)*

(La cámara hace un acercamiento hasta la cruz central donde Jesús aparece clavado con huellas de sus maltratos, coronado de espinas y sobre su cabeza con un letrero escrito en dos líneas: IESUS NAZARNUS REX IUDIORUM. La toma después de mostrarnos detalles de las personas, deberá concentrarse en la cruz central y ser preferentemente frontal)

Es el año 33 de la era cristiana. Los Romanos dominan Jerusalén. Jesús mira en su contorno, *(a este punto otra cámara desde tras de Cristo mostrará aquellos a quienes Jesús observa)* luego levanta su mirada y dice con voz fuerte:

JESÚS.- Padre perdónales porque no saben lo que hacen.

Se escucha una reacción a lo dicho con frases y gritos venidos desde la multitud.

(La cámara posterior mostrará el movimiento y actitudes burlescas de algunos de los presentes, mientras otra cámara lateral mostrará a Dimas, el ladrón que está crucificado a la derecha de Cristo.)

Es Dimas un hombre de aproximadamente 40 años. Sobre su cruz y sobre la cruz del otro ladrón habrán también unos letreros parecidos que dicen: DIMAS LATRO y GESTAS LATRO)

(*La cámara lateral centraliza su atención en Dimas y hace un gran acercamiento.*)

Dimas muestra incertidumbre ante lo expresado por Jesús, mira a su izquierda donde está Jesús y repite en tono de pregunta y con gran admiración:
DIMAS.- ¿Perdónales?

(*Otra cámara hace su acercamiento a Gestas que es el otro ladrón, que está crucificado a la izquierda de Jesús. Es Gestas igualmente un hombre como de 40 años, en donde la ira y el enojo son muy visibles.*)

GESTAS.- (Gritando) ¡Odio y muerte a estos perros Romanos! Perdonarles jamás.
Hay risas entre la multitud. De pronto el Sumo sacerdote da unos pasos al frente y dice mientras mueve sus manos:
SUMO SACERDOTE.- (Encara a Jesús) ¡Vaya! Tú que destruyes el templo y lo levantas de nuevo en tres días! ¡Si eres el Hijo de Dios, líbrate del suplicio y baja de la cruz! Ja Ja Ja!
Risas entre la multitud son las respuestas a estas palabras.

(*La cámara frontal enfoca de nuevo a Cristo en contra picada*)

Mientras Jesús dice con voz potente:
JESÚS.- "¡Eloí Eloí, lamma sabatani!"
La multitud vuelve a levantar un clamor y se aprecian voces.
VOZ 1.- Llama a Elías.
Ríe la multitud.
VOZ 2.- Que lo salve Elías.
Continúan las risas, con más fuerza.

(*Una cámara presenta un gran acercamiento de Dimas, mientras el eco parece repetir la misma frase de Jesús, varias veces: "Eloí Eloí, lamma sabatani" La toma de sus ojos y la frase que se repite va montándose con otra toma de la escena segunda y nuevamente muestra el rostro de Dimas para finalmente perderse en otra escena. Este efecto dará claramente la impresión de que Dimas algo recuerda con esta frase.*)

ESCENA 2

PERSONAJES:
SIMEÓN: Anciano de aproximadamente 75 años, fuerte y muy espiritual.
DIMAS: Niño de unos 7 años. (Debe cuidarse que el pequeño Dimas tenga en esencia las características que tendrá luego Dimas.)
LUGAR Y TIEMPO: Esta escena se realiza en un solitario lugar muy próximo a Jerusalén, Son como las dos de la tarde, el pequeño Dimas, se mira en esta escena de unos siete años. Aparece desesperado pues se encuentra caído en una trampa preparada por algún pastor para cazar a los lobos. Se le escucha gritar con fuerza:
NIÑO DIMAS.- Eloí, Eloí lamma sabatani... Eloí Eloí lamma sabatani... ¡Auxilio... Auxilio!
El silencio y la soledad parecen sus únicas compañías.
El niño quiere una y más veces ascender por las verticales paredes del hoyo en el que se encuentra, pero resbala y vuelve a intentarlo, cava con piedras en la tierra puntos de apoyo para sus pies. Nuevo intento y nuevo fracaso. Entonces caído en el suelo se pone a llorar y se queda dormido.

La cámara lo enfoca dormido, con su cara empolvada y su vestimenta sucia.
La cámara se aleja y muestra la soledad del paisaje.

El pequeño Dimas aparece más empolvado y al despertarse grita nuevamente:
NIÑO DIMAS.- ¡Auxilio, auxilio!

La toma cambia y muestra a un anciano lleno de paz, guiando a un asno.

El paisaje es árido y no se ve ningún camino.
El asno lleva una pequeña carga. De pronto se oye algo distante: los gritos de Dimas.
NIÑO DIMAS.- ¡Auxilio, auxilio!

El anciano Simeón detiene su burro, mueve sus ojos, como si tratara de ubicar el lugar de los gritos, amarra su borrico en un tronco y se acerca con sigilo al filo del hoyo, se arrastra para llegar con mayor cuidado al filo y observa. Dimas, aún no le ha visto, pues el anciano se ha aproximado por las espaldas del niño, que en ese momento levantando sus manos reza nuevamente su queja:

PEQUEÑO DIMAS.-(rezando a gritos) Eloí, Eloí lamma sabatani, Eloí, Eloí lamma sabatani.

SIMEÓN.- ¡Qué hermoso salmo rezas!

NIÑO DIMAS.- (Se asusta primero y luego dice) ¡Gloria a Dios! Sáqueme de aquí.

SIMEÓN.- Espera un momento que necesito de mi compañero.

El anciano se mueve con cautela desata su burro y acercándose al hoyo lanza la cuerda.

Momentos después se mira al anciano sentado junto al muchacho. El pequeño toma agua ofrecida por el anciano de una bolsa hecha de cuero.

SIMEÓN.- ¿Quién te enseñó el salmo que rezabas: Eloí Eloí lamma sabatani?

NIÑO DIMAS.- Solía repetirlo mi padre antes de morir.

SIMEÓN.- De modo que eres huérfano. ¿Sabes qué significa Eloí, Eloí lamma sabatani?

NIÑO DIMAS.- Mi madre dice que significa: ¡Dios mío, Dios mío por qué me has abandonado!

Mientras conversa el niño termina de beber el agua y entrega la funda de cuero a Simeón.

SIMEÓN.- Como ves hoy Dios no te abandonó.

(Ayuda a subir al muchacho en su burro), nuestro pueblo parecía estar como tú abandonado en manos de este pueblo extranjero, pero hoy en el templo santo (eleva su vista al cielo) mis ojos pudieron ver a un pequeño Niño que será nuestro Salvador.

La cámara mira los ojos de Simeón que brillan de emoción al recordar.

NIÑO DIMAS.- ¿Cómo podrá un niño salvarnos de los Romanos?

SIMEÓN.- (Dice con gran aplomo) Ya crecerá y lo conocerás.
NIÑO DIMAS.- ¿Será él el rey de los Judíos?
SIMEÓN.- Yo creo que será rey de todo el mundo.
NIÑO DIMAS.- Cuando conoceré a ese niño rey?
SIMEÓN.- Yo puedo asegurarte que no te llegará la muerte hasta que no hayas conocido a ese rey.

A este punto, la toma nos muestra la escena 1 con los ojos de Dimas en la cruz, que los dirige al letrero puesto sobre la cruz de Cristo. El acercamiento nos muestra con claridad: IESUS NAZARENUS REX IUDIORUM. Se repite la frase: Yo puedo asegurarte que no te llegará la muerte hasta que no hayas conocido a ese rey.

3 Y 4 ESCENAS

PERSONAJES:
Ruth mujer de Silas: mujer judía de unos 28 años.
Silas: Judío de 30 años, que se dedica a fabricar cerámica.
Simeón y Niño Dimas.
LUGAR Y TIEMPO:
La escena muestra un pequeño rincón de Judea, donde una mujer saca agua de un pozo y llena su cántaro, luego se dirige a casa.(hasta aquí la escena tercera)
LUGAR: Casa de Silas un ceramista pobre, allí habrá un horno y un torno, y piezas de cerámica en proceso.

La toma aquí mostrará un acercamiento de las manos de Silas, que sirviéndose de un torno viejo está fabricando una pieza de cerámica con arcilla fresca. La toma se desenfoca para mostrar como Ruth ingresa con su Cántaro de agua, la cual la deposita en un recipiente de mayor capacidad.

A este punto en misma entrada aparece Simeón conduciendo a su burro, sobre el cual está el niño Dimas. Ruth es la primera en advertir a los visitantes y llama a su marido:
RUTH.- Silas, Silas. (Con sus ojos y cabeza le da a conocer que algo ha visto en la entrada)
Silas suspende su tarea levanta la vista y dice:

SILAS.- "Aloja" Bienvenidos a mi casa. (Procura limpiarse algo sus manos)

El pequeño Dimas baja del burro y dice:

NIÑO DIMAS.- Dios te bendiga tío.

SIMEÓN.- Bendiciones traiga a tu familia nuestro Dios Jehová.

SILAS.- Tu presencia honra mi casa.

SIMEÓN.- Gracias, pero debo continuar mi camino.

SILAS.- Al menos refréscate con un poco de agua.

SIMEÓN.- El agua siempre es señal de que Dios nos bendice, por favor que no sea solo para mí sino también para mi burro.

Silas hace una señal para que pasen. Mientras acaricia a su sobrino y le dice:

SILAS,- ¡Dimas, hermano, tanto tiempo sin verte! ¿Está bien tu madre?

NIÑO DIMAS.- Este buen hombre me ha salvado. (Al hablar muestra al anciano Simeón.)

SIMEÓN.- Ya sabes tú, solo Dios es nuestro Salvador.

ESCENA 5

PERSONAJES:

RÓMULO: Joven militar romano. (Edad aproximada 20 años)

MATEO: Judío, que con toda su familia, cuida la caballería romana. (24 años)

REBECA: mujer de Mateo.

NIÑA SARA: Hija de Mateo y Rebeca (3 años)

2 SOLDADOS ROMANOS.

LUGAR Y TIEMPO:

La escena se realiza en los establos del cuartel romano de Jerusalén

Mateo aparece en la escena llevando un paquete de heno, que luego lo distribuye entre los caballos que estarán separados en sendos corrales. Rebeca se dedica en llenar de agua los bebederos y su pequeña niña, juega a barrer con una pequeña escoba que su madre le ha fabricado con ramas secas.

El tiempo coincide con la escena anterior. Es aproximadamente el año 1 D C.

Puede mirarse un lugar para colgar monturas.

Rómulo llega sobre en un hermoso caballo al establo, se desmonta de su animal, le da una pequeña caricia a su caballo y dirigiéndose a Mateo dice:

RÓMULO.- Cuídalo más que a tu vida.

MATEO.- Así lo haré Señor.

RÓMULO.- Límpialo, dale de comer y que descanse.

Mateo empieza ya a quitar la montura mientras contesta:

MATEO.- Sí Señor.

Rómulo da una mirada a la esposa de Mateo, Rebeca baja la mirada, se ve también la mirada de Mateo de cuidado a su esposa, al notarlo Rómulo gira la cabeza y sale. Mientras esto ocurre se presentan a pie dos soldados Romanos, que sirven de compañía y seguridad para Rómulo.

La pequeña niña que había suspendido su juego, sigue jugando con su escoba nuevamente.

Mateo lleva el caballo al corral respectivo mientras su esposa se preocupa por llenar de agua el bebedero.

REBECA.- ¿Es un soldado importante?

MATEO.- Sí él es un centurión.

ESCENA 6

PERSONAJES:

RUTH: Mujer de Silas. Niño Dimas, mujeres judías, que se verán más lejos.

Tres extranjeros importantes sobre sus camellos. Los extranjeros tienen largas barbas y diferentes razas, de preferencia: blanca, negra y oriental. Sus trajes les dan jerarquía.

Hay personas de servicio, como nueve personas. Su vestimenta es más sencilla y caminan a pie junto a los camellos.

Hay luz solar. Esta escena es en horas de la tarde.

Uno de los reyes o magos extranjeros (Llamado aquí extranjero 2) debe llevar un cinturón, que ciñe su cintura, pero que a la vez le sirve para sostener una preciosa daga.

Alguna cámara distante, mostrará en algún momento una toma panorámica de los integrantes en esta escena.

Aparece Ruth en el mismo pozo recogiendo agua está acompañada del pequeño Dimas, otras mujeres ya han terminado la misma tarea. De pronto llega la caravana de extranjeros.

EXTANJERO 1.- Mujer, ¿puedes darnos un poco de agua?

RUTH.- (Estaba distraída y se sorprende de ver la caravana. Primero protege un poco más al niño. Toma un pequeño tazón, en él pone un poco de agua y se lo da a uno de sus servidores, éste lo extiende hasta el señor del camello) - Beban. (Ruth llena otro recipiente)

La toma se acerca al agua y con un pequeño movimiento de ésta, dará la apariencia de que pasó un poco de tiempo. Cuando la cámara vuelve a tomar la escena, se ve a los miembros de la caravana que se han dado un descanso y hasta los camellos beben del agua en unas fuentes apropiadas para dar de beber a los animales.

Los extranjeros distinguidos ya no están sobre los camellos. Todos los miembros de la caravana se miran en actitud de descanso.

EXTRANJERO 1.- ¿Sabes tú dónde ha nacido el rey de los Judíos?

RUTH.- (Con firmeza) Los Judíos no tenemos rey.

NIÑO DIMAS.- Un respetable anciano me dijo que ha visto al Niño que será más tarde rey.

RUTH.- No hables así a los ...

EXTRANJERO 1.- (interrumpiendo) ¿Te dijo que será rey de Israel?

NIÑO DIMAS.- Dijo que sería rey de todo el mundo.

EXTRANJERO 1.- Eso es muy sabio, y sabes ¿donde lo encontró?

NIÑO DIMAS.- Pues... No me acuerdo, tal vez dijo en el templo.

(La cámara muestra de cerca los ojos del pequeño que ha mirado brillar algo en la cintura del extranjero 2. Otra toma muestra el cinturón y el detalle de alguna piedra preciosa en la daga. Nuevamente muestra al niño Dimas En sus ojos brilla la picardía.)

RUTH.- Sería mejor ir al palacio del rey Herodes e informarse allí.

El extranjero 1 habla con los otros dos importantes Señores en otro idioma y luego dice:

EXTRANJERO 1.- Repíteme el nombre de vuestro rey?

RUTH.- Herodes no es NUESTRO rey. (Pone énfasis para que se note su desaprobación)

EXTRANJERO 1.- Perdona, cuál es el nombre de ese rey?

RUTH.- Herodes. Sigue por esta vía y no demorarás en encontrar el palacio. *(En este punto lu cámara muestras los ojos de gran admiración de Ruth, que dice con gran asombro y reproche)* – ¡Dimas!!

La cámara enfoca la sorpresa de Dimas, que oculta sus manos en la espalda.

RUTH.- (Muy enérgica) – ¡Dame lo que tienes en tus manos!

Dimas demora un poco y finalmente entrega una preciosa daga, que sin ser advertido por nadie ha robado de uno de los extranjeros distinguidos.

RUTH.- Perdonen, ¿a quien le pertenece esta preciosa daga?

EXTRANJERO 2.- ¡Oh!.. Es mía. (Dice con fuerte voz y acento extranjero mientras toma en sus manos la daga.)

Los extranjeros dialogan entre sí en un idioma incomprensible y luego toma la palabra el extranjero 1 que es el que mejor domina el idioma.

(Mientras esto ocurre se ve a Ruth, que con mucha ternura, está aconsejando al pequeño, para lo cual ha doblado una rodilla hasta alcanzar su estatura. Dimas aparece cabizbajo)

EXTRANJERO 1.- Mujer de Israel, tu gesto ha sido muy apreciado. Tu niño con manos de seda ha quitado esta preciosa daga, sin que su dueño lo sienta o sin ser visto por ninguno de nuestros fieles servidores. Cree mi generoso amigo, que ese objeto ya no le pertenece, además el arma principal que Dios le dio fue siempre la sabiduría. De modo que te quiere regalar a ti esta daga por tu valiosa obra; pero a la vez espera que tú se la regales a este niño cuando haya crecido y se haya casado. (No solo le entrega la daga sino el cinturón con el estuche.)

RUTH.- (Se demuestra muy nerviosa y agradecida) Pues... (No logra decir más e inclina su cabeza como aceptación mientras recibe su don.)

EXTRANJERO 1.- El palacio de Herodes ¿es aquel edificio que aparece?

RUTH.- No aquel es nuestro famoso templo de Israel. Pero junto a él verás ese palacio.

Los extranjeros montan en sus camellos y dan las gracias.

EXTRAJERO 2.- Gracias.

EXTRANJERO 3.- Gracias.

(Las voces de los extranjeros 2 y 3 suenan con acento)

Los servidores que van a pie uno va delante de cada camello y dos se ubican detrás y van en dirección al sitio señalado. Ruth y Dimas los siguen con su mirada.

ESCENA 7

LUGAR: Casa de Silas.

Esta escena no tiene diálogos, pero la cámara presentará los adelantos que va realizando el Niño Dimas en el uso del torno manual, con el cual se fabrica las piezas de cerámica.

Habrá ciertamente un diálogo entre Silas y Dimas, pero el auditorio no podrá escucharlo.

Después de haber mostrado fallas y correcciones en la fabricación de la cerámica, la cámara hace un acercamiento al barro que gira en el torno.

(Las distintas cámaras presentarán la casa de Silas en tomas panorámicas, harán grandes acercamientos para presentar los detalles piezas secándose; manos pintando la cerámica, dando formas al barro fresco, usando el torno; errores y piezas secándose y terminadas).

ESCENA 8

LUGAR: Establos del palacio de Herodes.

TIEMPO: Coincide con la escena anterior.

PERSONAJES: Silas, Mateo, Rebeca, niño Dimas Y niña Sara.

Silas y el niño Dimas llegan a los establos en una rústica carreta tirada por un burro, traen algún cargamento de cerámica y es ayudado por Mateo. El niño Dimas ayuda al inicio y luego se dedica a jugar con la niña Sara.

Mateo.- ¿Qué traes hoy al palacio?

Silas.- Solo vajilla para la mesa.

El niño Dimas está dedicado a retirar la paja que protege el cargamento y de pronto mira a la niña que está a la vez observando aquel trabajo.

Mateo - (mirando al niño Dimas dice) ¡Hoy traes un gran ayudante!

Silas.- Sí es Dimas mi pequeño sobrino.

Rebeca, Mateo y Silas colocan el delicado cargamento en una carretilla, ya no le permiten al pequeño Dimas ayudar, y éste se ha bajado a jugar con la niña Sara correteando entre el heno. Llegan junto a los caballos y primero la niña y luego el niño acarician a los caballos.

(La cámara enfoca las manos cada vez más cercanas y esta toma se pierde en la siguiente escena)

ESCENA 9

LUGAR: Casa de Silas (como 30 años después)

PERSONAJES: Silas y Ruth aparecerán envejecidos. (60 y 58 años)

Dimas (aproximadamente 37 años.) SARA aproximadamente 33 años.

Niño Esteban 10 años y niña Marta 6 años. (hijos de Dimas y Sara)

Debe cuidarse que la casa de Silas se vea diferente, por los años trascurridos.

(La cámara enfoca la mano de Dimas acariciando al burrito, que arrastra la vieja carreta, junto a su mano aparece una mano de mujer, es la mano de Sara, La cámara muestra el detalle en la cintura de Dimas, donde aparece la conocida preciosa daga.)

SARA.- Quiero ir contigo para ver a mis padres.

DIMAS.- Claro y nuestra hija también (Toma en sus brazos a Marta y la sube a la carreta, da un beso a Sara y también le sube en la carreta, luego camina hacia su hijo Esteban, que está en el horno sacando una pieza de barro cocido.

DIMAS.- Ten mucho cuidado o te quemarás.

ESTEBAN.- Sí padre. (Después continúa) Papá con esta venta me comprarás una pizarra para aprender las letras?

DIMAS.- Compraré un nuevo manto para tu madre, mírale... el que trae ya está raído.

(La cámara hace el enfoque del manto envejecido) y también te compraré la pizarra.

Esteban sonríe y levanta la mano para despedirse.

(La cámara enfoca a Silas mezclando y batiendo cerámica fresca entre sus manos y se ve a Ruth que se detiene en su tarea de soplar el fuego y levanta su mano al despedirse.)

ESCENA 10

LUGAR: Pequeño sendero en un camino cercano a Jerusalén en donde hay rocas y matorrales que sirven de refugio, Debe haber un árbol frondoso en cuya copa alguien puede esconderse.

PERSONAJES: Barrabás (Joven fuerte como de 32 años, de aspecto desarreglado, mirada muy intensa, barba sin afeitarse. Muy ágil y con habilidad para montar caballos)

Tres ladrones más, también de aspecto joven y lucen algo desaliñados. Dos soldados romanos.

(La cámara tomará a Barrabás planeando alguna estrategia, se nota que él algo dirige por sus gestos, pero por la distancia de la toma no se avanza a entender sus palabras, la música en esta escena debe producir expectativa. La cámara enfocará al ladrón número uno, que tras de la roca y apartado de los demás, tiene la misión de espiar el camino.) De pronto la música y la toma nos muestran a cierta distancia a dos soldados en sus caballos.

El ladrón uno produce un pequeño ruido y alerta al grupo y dice:

LADRÓN UNO.- Son dos, son dos. (Y el mismo baja a tomar otra posición)

Todos con la señal toman sus posiciones. Los ladrones 1, 2 y 3 se acercan al sendero y se agazapan. Barrabas sube al árbol y sostiene una cuerda.

(La música aumenta.)

Los soldados romanos traen sus caballos al paso.

(La cámara enfoca las actitudes y sigilo de los ladrones y también a los soldados romanos que conversan muy distraídamente sin esperar la emboscada. La cámara presenta una toma en contra picada desde el árbol en que está Barrabás. La música está en su máxima expresión. La cámara repite varias veces estas tomas que están acompañadas de música de suspenso.)

Cuando los soldados se han acercado, Barrabás se sujeta fuertemente de la cuerda y toma la decisión de saltar. Barrabás hace un vuelo sujeto a la cuerda y golpea con sus piernas a los soldados, llegándoles lateralmente y con tanta sorpresa, silencio y fuerza, que los bota de sus caballos. Solo da un grito fuerte el momento mismo del impacto.

BARRABÁS.- ¡Ya!!

Los otros ladrones han salido ya de sus lugares y dominan a los caídos y golpeados soldados y con la ayuda de Barrabás los desarman. Los soldados sorprendidos no han salido de su asombro y hay nerviosismo, temor e ira descontrolada en su mirada y actitudes, apenas si lanzan algunos sonidos de dolor y como pedido de auxilio.

Los ladrones con cuerdas sencillas atan las manos de los soldados en la espalda.

BARRABÁS.- ¡A los caballos, rápido!

Barrabás tranquiliza y monta uno de los caballos, otro de los ladrones hace lo mismo con el otro, una vez montados ayudan a los ladrones restantes y los suben en la parte posterior de sus cabalgaduras. Y salen.

Mientras esto ocurre los soldados producen ruidos y quejas.

SOLDADO 1.- ¡Ladrones, las pagarán!!

SOLDADO 2.- ¡Perros judíos. Perros!

La toma final de esta escena muestra a los soldados romanos, vistos de espaldas con la mirada en sus asaltantes.

Los soldados se incorporan, mientras a lo lejos los ladrones
levantan la polvareda del camino. Los gritos de los soldados
se repiten una y otra vez:
SOLDADOS.- ¡Perros, perros. Las pagarán!

ESCENA 11

PERSONAJES:
MATEO: (Es ahora un hombre cercano a los 60 años)
REBECA: (Aparecerá igualmente con señales del tiempo con
unos 55 años aproximadamente)
TARQUINO: Militar romano que guía una lujosa carreta.
DIMAS, SARA Y la pequeña Marta.
Personas de servicio (Son judíos pobres que trabajan en el
palacio de Herodes, puede haber algún negro)
LUGAR Y TIEMPO: Esta escena se filmará en los patios del
palacio. Atrás aparecen los corrales o caballerizas y junto
a alguna puerta que da acceso al palacio se ha ubicado la
carreta romana, de la que se descargan platones y otros
objetos de bronce. La escena se realiza por los años 30 a 33
de la era cristiana.
Al empezar esta escena se mira una carreta colocada con su
parte posterior más pegada a la puerta, lo cual les facilita el
descargue. Al iniciar la toma ya se ha descargado más de la
mitad del cargamento.
Tarquino (Aparece sobre la carreta dando órdenes a los que
llevan los platones, saca un platón que viene envuelto en paja
hace un montón de basura con la paja sobrante)
TARQUINO.- ¡Oh! ¡Es esta una verdadera maravilla! llévala
con cuidado. La. la. (Parece cantar) la. la. (tararea alguna
canción mientras limpia de la paja la siguiente pieza.)

*A este punto, la cámara enfoca como la carreta sencilla dirigida
por Dimas Y Sara su esposa, llega al patio con su cargamento.
Igual colocan junto a la otra carreta lista para ser descargada.*

Tarquino los mirará con arrogancia pero sin perder su alegría.

Mateo y Rebeca salen desde las caballerizas y abrazan a
Marta y Sara que han ido a su encuentro. Les dan un abrazo y
entran con ellos por las caballerizas.

Dimas ha dejado lista su vieja carreta y entra por la misma
puerta por la que los servidores llevan los platones de cobre.

Tarquino (levanta una jarra brillante y entrega a uno de los
servidores.)

TARQUINO.- Y tú cuida esta obra de arte. Ja ja.

ESCENA 12

LUGAR: Bodega del palacio: en ella se han ido ordenando
artículos de cobre.

PERSONAJES: JEFE DE BODEGA. DIMAS, PERSONAL DE
SERVICIO que siguen trayendo fuentes de cobre. Y cerámica
fina. Y TARQUINO.

El jefe de bodega ha colocado los nuevos platones sobre
una mesa, estos se notan separados por tamaños o calidad,
aparte están unos jarrones, cuando llega un nuevo sirviente
le indica donde debe poner lo que trae y traza con cada
venida una nueva línea en la pizarra pequeña que sostiene en
su mano. Mientras está en esta tarea entra Dimas.

DIMAS.- ¡Mi saludo para ti noble Romano!

JEFE DE BODEGA (Hace una señal para no ser interrumpido)
Dimas espera de pie su turno de ser atendido.

Los siervos han seguido entrando.

TARQUINO.- (entrando) ¿Está todo correcto? (sigue
demostrando buen ánimo)

JEFE DE BODEGA.- Sí así es, pasa y recibirás tu paga. (señala
hacia una puerta.)

TARQUINO.- ¡Por Baco! Que eso suena muy bien ja. Ja. (sale
hacia el lugar indicado).

JEFE DE BODEGA.- (Dirigiéndose a Dimas) Como ves hoy hemos
recibido una mejor vajilla, por tanto, no queremos ninguna otra.

DIMAS.- Con su perdón Sr. Pero este es un pedido que se me
ha hecho en forma especial.

JEFE DE BODEGA.- Lo lamentamos pero yo no me haré cargo
de tu cargamento.

DIMAS.- Pero Señor.

JEFE DE BODEGA.- Es todo (Levanta su mano y con el dedo le indica la salida)

DIMAS.- (Hace un gesto de disgusto y dice) Sí Señor. (Sale)

ESCENA 13 Y 14

LUGARES: CORREDOR Y Comedor del palacio.

TIEMPO: Esta escena se produce como continuación de la anterior

PERSONAJES: DIMAS, SIRVIENTES DE COMEDOR, MAESTRESALA.

Dimas ha recibido la negativa de entregar su mercadería y sale con gran tristeza por uno de los corredores. De pronto se sorprende y se acerca a la puerta del comedor y mira, largas mesas dispuestas para un banquete, con bandejas llenas de jugosas y variadas frutas. Otras fuentes aparecen cubiertas y son de lujosa plata.

El maestresala aparece como un decorador, jamás topa nada, solo da órdenes o hace señales, mira desde lejos simetrías u otros detalles del banquete.(nunca verá a Dimas)

Hay tres sirvientes que tienen fuentes igualmente cubiertas y que esperan la orden, para saber el lugar en las que deben ubicarlas. Dos mujeres adornan las mesas con guirnaldas.

Cuando Dimas mira una fuente, la cámara hace el respectivo acercamiento.

A medida que mira más fuentes el odio parece apoderarse de Dimas, que dice finalmente:

DIMAS.- ¡Cuanta comida tienen nuestros opresores! ¡Cuántos judíos a esta hora mueren de hambre! Necesitamos de nuestro salvador. (esto lo ha dicho muy bajo, sin pretender ser escuchado da un nuevo vistazo y se retira)

ESCENA 15

LUGAR Y TIEMPO: Se realiza una noche en una casa de pastores cercana a una ciudad de Israel.

Alguna de las tomas si bien denotan obscuridad, podrá darnos el lejano perfil de una ciudad judía ligeramente alumbrada por los rayos de la luna.

Se mira un pastor. Está sentado,. No hay una silla en el lugar, hay probablemente un banco en donde hay pieles de animales. Allí el pastor se ha quedado dormido, aunque por su posición parece que pretendía permanecer en vela.
PERSONAJES: GESTAS Y UN PASTOR.
Gestas al igual que en la escena 1 aparecerá como de unos 40 años, aunque por la obscuridad del momento sus rasgos no se miran a detalle.

(La cámara empieza por mostrar el silencio de la noche, la luna y la silueta de una ciudad judía algo distante. Los árboles se mueven con el viento y la hojarasca se levanta, entonces la cámara nos muestra a un pastor que se ha quedado profundamente dormido después de su día de trabajo. El está sentado, pero al arrimarse sobre las pieles se ha quedado dormido. La cámara enfoca entonces a Gestas cruzando con sigilo la cerca. Hay inquietud entre las ovejas. La música ha creado una mayor expectativa. Nuevamente la cámara enfoca el rostro de profundo sueño del pastor.)

Gestas se ha movido con cuidado y atrapa a una oveja mediana de las patas y sale con prisa. Algo del murmullo parece escuchar el pastor, que solo se mueve ligeramente y se vuelve a quedar dormido.

ESCENA 16

LUGAR Y TIEMPO: Casa de Gestas (En un patio interno) el día después del robo.
PERSONAJES: Gestas, con amigo de su edad, dos mujeres igual de mal aspecto y de aproximadamente treinta años.
Hay una hoguera en el patio y en ella se está asando un cordero. Gestas aparece terminando de cavar un hueco en la tierra y en ellos entierra las pieles de la oveja, él no habla, pero mientras lo hace se escucha sus pensamientos:

GESTAS.- Debo ocultar cualquier evidencia. Ja ja. (Sonríe con cierta maldad)

Se sirve un poco de vino en un jarro de cerámica. Luego dice:

GESTAS.- ¡Vino para todos! Ja ja.

AMIGO DE GESTAS.- Para todos sí.

Las mujeres han pinchado con palos alguna pieza del asado y ofrecen primero a Gestas y su amigo sendos pedazos, luego toman los suyos propios. Al hacerlo, lo hacen con mucha sensualidad: moviendo sus caderas con cierta provocación.

La cámara muestra al grupo disfrutando de comida y bebidas.

ESCENA 17

LUGAR Y TIEMPO: Riveras del río Jordán en Betania.

PERSONAJES: JUAN BAUTISTA: Hombre delgado austero, de pelo y barba largos, viste traje rústico confeccionado de piel de animales.

SACERDOTES: Tienen trajes largos y más elegantes que los que usa el pueblo. Su turbante es más alto. Será dos Sacerdotes: ellos tienen barbas largas.

SEGUIDORES: Aparecerá un grupo como de 20 personas (la cantidad puede variar: se verán 10 mujeres, 6 hombres y 4 niños.)

DIMAS Será uno de los presentes.

JUAN.- (en voz alta) Preparad vuestros corazones para la venida del Señor. Renuncien a vuestro mal camino y cambien su vida para que de este modo estén listos a la venida del Mesías.

MUJER 1.- Yo reconozco que soy una mujer pecadora y que he ofendido a mi Dios.

MUJER 2.- Y yo, y yo también. ¿Qué debemos hacer para estar gratas a los ojos de Dios?

JUAN.- Acérquense y yo las bautizaré. (Toma a cada mujer de sus manos y van juntos hasta el agua. Cuando el agua sube un poco más de sus rodillas se detiene. Levanta sus manos al cielo y reza) – Altísimo Señor de los cielos bendice a estas mujeres y siendo que han confesado sus pecados límpialas de sus faltas, para que estén listas a la venida del Salvador. (De la rústica cuerda que ciñe su cintura saca una concha y la sumerge hasta coger agua del río, esta agua la derrama sobre la cabeza de estas mujeres. Las mujeres quedan en silencio. Se demuestran profundamente conmovidas, y luego salen del agua)

SACERDOTE 1.- Tú dices que preparas el camino del Mesías, por tanto no eres el Mesías.

SACERDOTE 2.- Si no eres el enviado, queremos que nos digas ¿por qué bautizas?

(A este punto la cámara muestra entre los presentes a Dimas, el cual demuestra mucha inquietud por la respuesta.) Y dice:

DIMAS- Sí queremos saberlo.

SEGUIDORES: Se oye un murmullo y varias personas dicen – Sí, Sí queremos, queremos saberlo.

JUAN.- (levanta la mano para imponer silencio, y luego dice) Yo he sido enviado antes, para pedirles penitencia y de ese modo, preparar el camino del Señor, como lo anunció el profeta Isaías yo soy la voz que grita en el desierto para enderezar los senderos. Yo bautizo con agua, pero ya está entre nosotros un ser tan grande a quien no soy digno de desatarle la correa de sus sandalias. El vendrá y nos bautizará con el agua y con el Espíritu Santo.

DIMAS: (la cámara hace un acercamiento a Dimas el cual piensa para sus adentros) -Yo creía que era él, yo esperaba que fuera él el hombre que nos libraría de nuestros enemigos; pero por lo visto tenemos que esperar por otro. Dijo que ya está entre nosotros... *(La Cámara va perdiendo esta imagen a la vez que va mostrando otra.)*

(Es la ya vista en la escena segunda)

NIÑO DIMAS – ¿Será Él el rey de los judíos?

SIMEÓN - Yo creo que será rey de todo el mundo

NIÑO DIMAS: ¿Cuándo conoceré a ese Niño rey?

(La toma regresa nuevamente a la cara de Dimas y de seguido se pierde en la de Juan Bautista cuando dice)

Un ser tan grande a quien no soy digno de desatarle la correa de sus sandalias.

Termina la toma mostrando nuevamente la cara de Dimas.

ESCENA 18

LUGAR: SICAR (pueblo de Samaria)
ÉPOCA: Años 30 o 31 de la era cristiana.
PERSONAJES: RAQUEL (mujer samaritana)
GESTAS.
Se mira una calle pobre de Samaria, en esta calle un hombre lleva un burro cargado de mercancías. De pronto sale una hermosa y coqueta mujer de una de las puertas: es Raquel, al salir repara en el extranjero, pero sobretodo en el borrico y en forma especial: en los bultos que lleva el burro.

Las tomas de la cámara van mostrando los ojos de la mujer, su gran curiosidad y los paquetes sobre el burro.

RAQUEL.- ¿Amigo, Llevas alguna mercadería como para vestir mi pobre cuerpo? (Gira mostrando su cuerpo muy coqueta)
GESTAS.- Por lo que veo ¡no es un cuerpo tan pobre! (Sostiene la cuerda para que el burro se detenga)
RAQUEL.- ¿ Eres un comerciante, verdad?
GESTAS.- (Duda primero y luego responde con aplomo) Lo soy, lo soy, así es.
RAQUEL.- ¿Y qué mercaderías son las que traes?
GESTAS.- Son tan valiosas que no podría mostrártelas aquí en la calle, si tu esposo no tiene problemas podría mostrártelas adentro de la casa. (Mientras esto dice ata la cuerda del burro a un lugar seguro)
RAQUEL.- Pues tienes suerte, no tengo esposo y podrías entrar para mostrármelas.
Gestas descarga los bultos de su burro y entra tras de la mujer a la casa.

ESCENA 19

PERSONAJES: Gestas y Raquel.
LUGAR: Interior de una casa judía.
MOBILIARIO: Dos butacas y un pedestal que sirve de soporte a un cántaro para transportar el agua. Hay una pequeña mesa.

La luz es natural.

Esta escena es continuación de la anterior. La toma interna muestra a Raquel abriendo la puerta y entrando a su casa le sigue Gestas que coloca en el suelo su bulto y de él escoge otro bulto más pequeño.

RAQUEL.- Siéntate, que estarás cansado, mientras te sirvo un poco de agua.

Gestas coloca una tela con varios nudos sobre la mesa y se dedica a la tarea de abrir sus nudos mientras dice:

GESTAS.- ¡Oh! Gracias por el agua. Pero quiero mostrarte algo que de seguro te va a gustar.

Raquel sirve un poco de agua en un pequeño recipiente y se lo ofrece a Gestas diciendo con coquetería:

RAQUEL.- El agua es el mejor tesoro. (Como está a espaldas de Gestas, se le nota con gran curiosidad por saber qué contiene el paquete que Gestas se encuentra abriendo. Ella se para de puntillas para ver cuanto antes el contenido.)

GESTAS.- ¡Creí que las mujeres samaritanas no ofrecían agua a los Judíos!

RAQUEL.- Así es, pero yo no creo que debamos hacer ninguna distinción. Se puede ofrecer agua por igual a un Judío o a un Samaritano.

GESTAS.- (Bebe el agua y dice) Gracias. (Desata el último nudo del paquete)

La cámara enfoca los ojos vivaces y curiosos de la samaritana y su expresión de sorpresa. Sobre la mesa puede verse un collar de perlas y un brazalete.

RAQUEL.- ¡Vaya, asaltaste el tesoro de una reina! (Lo dice con gran picardía)

GESTAS.- Por mujeres como tú, asaltaría a un ejército romano.

RAQUEL.- (Sonríe complacida por el cumplido y dice) Puedo probármelas.

GESTAS.- En tu precioso cuello esta joya lucirá encantadora (se la coloca con cierta sensualidad, que se ve correspondida por la coquetería de Raquel) y este brazalete solo puede adornar una muñeca como la tuya.

RAQUEL.- ¡Mm.. mm! (La mira una y dos veces brillar en su muñeca y se topa el collar en el cuello.)

ESCENA 20

LUGAR: calle de Jerusalén.

TIEMPO: año 31 o 32 después de Cristo.

PERSONAJES: cuatro soldados romanos, una muchacha judía hermosa y como de 15 años, un muchacho judío, como de unos 13 años. Dimas y algunos espectadores.

ACCESORIOS: La muchacha llevará una canasta con comida. Cerca de esta escena debe haber una higuera.

Se mira en una calle Judía caminar a una joven. Cuatro soldados romanos vienen en sentido contrario igualmente caminando.

(Primero, la cámara mostrará la escena desde tras de la muchacha, en un momento muestra a detalle la cara de un soldado romano con cierta malicia y morbo mirando a la muchacha, la cámara muestra la hermosura de la joven, que trae su pelo con un velo largo.)

Cuando están acercándose, se nota que hay una ligera conversación entre los soldados y ciertas sonrisas. Al pasar junto a la muchacha el morboso soldado se detiene y descubre su velo a la muchacha dando un grito de admiración.

SOLDADO MORBOSO.- ¡Qué hermosa Hum!

La muchacha judía se ha quedado sin palabras, temblando de susto e inmóvil, con la mirada baja, sin saber lo que le puede venir. (Del susto ha dejado caer la canasta)

En este punto la cámara muestra a un muchachito como de 13 o de 14 años, que toma una piedra del camino y se enfrenta al soldado morboso diciendo en tono amenazante.

MUCHACHO JUDÍO.- ¡Deja en paz a la muchacha!

SOLDADO MORBOSO.- ¿Es tu hermana?

MUCHACHO JUDÍO.- ¡Eso no te importa, déjala en paz!

SOLDADO MORBOSO.- (amenazante) Suelta la piedra que traes en tu mano.

MUCHACHO JUDÍO.- (En el mismo tono también amenazante) Aléjate de la muchacha.

El soldado sin dar más explicaciones y en una forma muy rápida saca un látigo y con gran destreza lo lanza contra la mano del muchacho haciéndole soltar la piedra. El muchacho sin sentirse derrotado va a tomar nuevamente la piedra pero un nuevo latigazo en las manos del muchacho le hace caer por el suelo. Cuando el soldado lo tiene dominado, pone su látigo sobre el pecho del muchacho, como para que sepa de una vez, que no debe volver a intentarlo. A este punto interviene Dimas, que por casualidad pasaba por el lugar.

DIMAS.- ¡Bravo, bravo! (aplaude) permítanme felicitar al valiente.

La mirada de todos los soldados y espectadores se dirigen a Dimas, El cual avanza con gran decisión hasta llegar al lugar en donde están el soldado y el muchacho.

DIMAS.- ¡Sí permítanme felicitar al valiente!

El soldado romano sonríe, saca pecho esperando más alabanzas; pero Dimas llega y levanta al muchacho y le estrecha la mano y le da un abrazo.

(La cámara muestra la ira en la cara del soldado agresor.)

DIMAS.- ¡Sí muchacho eres un valiente! No has tenido miedo, habiendo cuatro soldados has defendido sin armas a una mujer judía. Mereces toda mi alabanza. Y tú soldado, no te hace más grande el desarmar adolescentes con un látigo.

SOLDADO MORBOSO.- Y tú Judío, (Retándolo) ¿Tienes una espada?

DIMAS.- No puedo enfrentarme a ti con una espada porque con solo herirte tendría la pena de muerte, pero si tus compañeros me prestan una espada les mostraré mis habilidades.

Uno de los soldados le da su espada, Dimas se acerca a una higuera y arranca un higo, lo pone en un pequeño hoyo del pequeño arbusto y se aleja. (Todas las miradas siguen con gran inquietud los sucesos) Se prepara y lanza la espada llegando con exactitud en el centro del higo. La espada queda clavada (Hay gritos de entusiasmo.) Dimas toma la espada nuevamente y se la entrega al soldado que le ofreció su espada. Este hace un gesto con la cabeza y los demás soldados como si les hubiera dado una orden se retiran. Dimas se acerca y abraza nuevamente al muchacho. El rostro del muchacho se ilumina y sonríe.

MUJER JUDÍA: (Se cubre su pelo con el velo, recoge la canasta, da unos pasos hacia el muchacho y dice).- Gracias. (levanta suavemente la vista y luego la baja nuevamente.) Mira a Dimas y dice otra vez.- Gracias.

DIMAS.- (Dirigiéndose a la muchacha) ¿Qué llevas en la canasta?

MUJER JUDÍA.- Mira, (gira su cuerpo mientras señala) Yo vivo en esa casa. (señala con el dedo, una casa que no está distante) La gente me regala comida que yo llevo para alimentar a los leprosos.

DIMAS.- También tú eres otra valiente y buena. La mayoría de gente teme a los leprosos.

La niña gira para continuar su camino. Dimas mira otra vez la casa como tratando de recordar.

ESCENA 21

LUGAR: Otra calle de Jerusalén.

PERSONAJES: Los mismos cuatro soldados de la escena anterior.

TIEMPO: Es como una continuación de la escena anterior.

ACCESORIOS: En el lugar es necesaria la presencia de un árbol o de un tronco de árbol que hace parte de la cerca de alguna propiedad, y algún trozo de ladrillo, con el que se pueda hacer un trazo.

El mismo soldado que en la escena anterior prestó la espada y movió su cabeza como para dar una orden. Detiene a los soldados, mira para los cuatro costados y al verse sin público dice:

SOLDADO MÁS ANTIGUO.- ¡Momento!

Todos detienen su paso, (El soldado que habló toma una piedra y traza con ella una X en una madera o tronco y luego ordena:)

SOLDADO MÁS ANTIGUO.- (Dirigiéndose al soldado morboso) Desde esta distancia intenta llegar en el centro.
El soldado morboso Toma su espada, mira a sus compañeros no muy seguro. Se concentra. (*Hay algo de música*) finalmente lanza produciendo un grito al hacerlo.(*La Música termina de pronto*)

La cámara muestra las miradas de descontento de los soldados y luego muestra que la espada ha quedado aproximadamente a una cuarta del centro.

SOLDADO MÁS ANTIGUO.- No me equivoqué. No quise que un judío te ganara. (Lo dice con iras) Como soldado romano necesitas más práctica.
SOLDADO MORBOSO.- Sí Señor. (Responde militarmente pero con vergüenza)

ESCENA 22

PERSONAJES:
JESÚS y RAQUEL (la samaritana) LOS DOCE APÓSTOLES llegarán al final.
LUGAR: Pozo de Sicar.
HORA: Como el medio día el sol está muy brillante.
Jesús está muy cansado y se ha sentado al borde del pozo.

La cámara no lo enfoca de frente, sino primero de espaldas y de lado, para que la llegada de Raquel sea tomada.

Raquel viene a recoger agua y por lo tanto trae cántaro y un pequeño recipiente. Cuando la mujer está cerca dice Jesús en tono de súplica:
JESÚS.- Dame de beber.
RAQUEL.- ¿Cómo tú, que eres judío, me pides de beber a mí, que soy una mujer samaritana?
JESÚS.- Si conocieras en don de Dios, si supieras quien es el que te pide de beber, tú misma le pedirías agua viva y él te la daría.

RAQUEL.- Señor no tienes con qué sacar agua y el pozo es profundo. ¿Dónde vas a conseguir esa agua viva? Nuestro antepasado Jacob nos dio este pozo, del cual bebió él, sus hijos y sus animales; ¿eres acaso más grande que él? (le sirve un poco de agua)

JESÚS.- (Recibe el recipiente del agua)El que beba de esta agua volverá a tener sed, pero el que beba del agua que yo le daré nunca volverá a tener sed. El agua que yo le daré se convertirá en él en un chorro que salta hasta la vida eterna. (bebe y entrega el recipiente)

RAQUEL.- (intrigada) Señor dame de esa agua y así ya no sufriré la sed ni tendré que venir aquí a sacar el agua.

JESÚS.- Vete llama a tu marido y vuelve acá.

RAQUEL.- No tengo marido.

JESÚS.- (Con dulzura) Has dicho bien que no tienes marido, pues has tenido cinco maridos y el que tienes ahora no es tu marido. En eso has dicho la verdad.

RAQUEL.- (Muy admirada) Señor, veo que eres un profeta. Nuestros padres siempre vinieron a este cerro para adorar a Dios y ustedes, los Judíos ¿No dicen que es Jerusalén el lugar donde se debe adorar a Dios?

JESÚS.- Créeme, mujer: llega la hora en que ustedes adorarán al Padre, pero ya no será en este cerro o en Jerusalén; pero llega la hora y ya estamos en ella en que los verdaderos adoradores adorarán al Padre en espíritu y en verdad. Entonces serán verdaderos adoradores del Padre.

RAQUEL.- Yo sé que el Mesías está por venir; cuando venga nos enseñará todo.

JESÚS.- Ese soy yo, el que habla contigo.

En este momento llegan los apóstoles y Raquel se retira con prisa, dejando allí sus recipientes.

La cámara muestra los ojos de admiración de los apóstoles.

APÓSTOL PEDRO.- (Ofreciéndole una canasta con comida) Come Maestro.

JESÚS.- (Sin aceptar el alimento)   el alimento que debo comer ustedes no lo conocen.

UNO DE LOS APÓSTOLES.- (Comenta en voz baja) ¿Le habrá traído la mujer algo de comer?

JESÚS.- Mi alimento es hacer la voluntad de aquel que me ha enviado y llevar a cabo su obra.

ESCENA 23

LUGAR: casa de Raquel.
PERSONAJES: RAQUEL Y GESTAS
TIEMPO: la escena es continuación de la anterior
En una silla muy cómoda se ve a Gestas descansando de pronto, en forma violenta se abre la puerta y entra Raquel muy agitada y feliz:
RAQUEL.- ¡Gestas, Gestas! Levántate, que acabo de encontrar a un hombre sensacional, él es el Mesías, el enviado de Dios.
Gestas se ha incorporado para oírle con atención.
RAQUEL.- Él dijo: "Tengo sed" y me abrió poco a poco los ojos hasta reconocerlo, él sabe todo sobre mi vida y sobre mis antiguos amores, aún sobre ti, debes venir a verlo.
GESTAS.- ¿Sabe sobre mí? M... mm. (duda) No, no iré a verlo. (Se vuelve a recostar y descansar)
RAQUEL.-¡ Vamos conócelo, sin duda cambiará tu vida!
Raquel sale del cuarto con prisa.

ESCENA 24

LUGAR: calle de Sicar
PERSONAJES: Raquel y unos veinte o más samaritanos de varias edades. Y Gestas

(En esta escena cada persona está libre de demostrar con sus gestos y sus palabras el deseo de que más gente se les sume, habrán gestos de admiración, pero sobre todo de inquietud por lo que se disponen a ver.
Las tomas se harán desde diferentes ángulos: A veces de frente, a veces laterales y al final desde atrás.)

Aparece en la escena Raquel con unas siete personas que caminan detrás de ella.
RAQUEL.- (gritando) ¡Vengan hermanos que encontré a un profeta!

ALGUIEN.- (saliendo de su casa) ¿Un profeta?
El que gritó, su esposa y algunos hijos salen de casa y van tras de ella.
OTRO – (Parado frete a su casa) ¿Cómo sabes que es un profeta?
RAQUEL – Me ha dicho todo lo que hice en mi vida pasada.
También ese hombre se une al grupo. Y de varias casas salen otros y se unen a ella. Hay exclamaciones de admiración, miradas que se iluminan. Más personas la siguen. Desde varias casas salen personas y se unen.
RAQUEL – (Habla en voz alta para que todos la escuchen) De seguro él es el Mesías de Dios.
Gestas Aparece en la puerta y mira desde lejos al grupo de samaritanos que van en busca de Cristo, él solo menea la cabeza, como sin comprender, sin salir de casa. Repite como con burla:
GESTAS.- "Tengo sed y me abrió poco a poco los ojos" Se ríe burlonamente Ja Ja.

(La cámara hará un acercamiento a la cara de gestas)

Gestas decide quedarse en casa y cierra la puerta.

ESCENA 25

LUGAR: POZO DE SICAR.
PERSONAJES JESÚS los apóstoles y un grupo como de cuarenta samaritanos.
Jesús aparece de pie junto al pozo parado sobre una gran piedra que está junto al pozo, Los apóstoles y Samaritanos están sentados escuchándolo con atención.

(La cámara mostrará a Jesús y también irá mostrando la atención con la que se siguen sus palabras. Unas veces a Raquel, otras a niños, o a los propios apóstoles.)

JESÚS.- Traten a los demás como quieren que ellos les traten a ustedes. Porque si ustedes aman a los que los aman, ¿qué mérito tienen? Hasta los malos aman a los que los aman. Y si hacen bien a los que les hacen bien, ¿qué gracia tiene? También los pecadores obran así. Y si prestan algo a los que les pueden retribuir, ¿qué gracia tiene? También los pecadores prestan a los pecadores para que estos correspondan con algo.

- Amen a sus enemigos, hagan el bien y presten sin esperar nada a cambio. Entonces la recompensa de ustedes será grande y serán hijos del Altísimo, que es bueno con los ingratos y pecadores.

- Sean compasivos como compasivo es el Padre de ustedes.
- No juzguen y no serán juzgados; no condenen y no serán condenados. Perdonen y serán perdonados...
- Pidan y se le dará, busquen y hallarán, llamen a la puerta y se les abrirá, porque el que pide recibe, el que busca halla y a quien golpea la puerta se le abre.

ESCENA 26

LUGAR: Casa de Raquel.

PERSONAJES: Raquel y Gestas

TIEMPO: Ocurre como una continuación de la escena anterior.

Aparece Gestas recostado con los dedos entrelazados detrás de su cabeza. De pronto la puerta se abre suavemente y entra Raquel. (Trae esta vez su cántaro con agua.)

GESTAS.- (Despectivamente) ¿Se fue finalmente tu profeta?

RAQUEL.- (Habla seriamente al ofrecer agua) Bebe un poco de agua (Le extiende un recipiente)

GESTAS.- ¿Qué pasa? ¿Te convenció el tal profeta Con solo decir "TENGO SED" ja ja (hace mofa. Mira detenidamente la cara de Raquel.) m.. mm.. ¿Debo irme verdad?

RAQUEL.- Sí debes irte.

GESTAS.- (empieza a ordenar y recoger su ropa) ¿Qué puede haber dicho un predicador? Hoy necesitamos un hombre fuerte que venza al gran imperio de los Romanos. No un predicador.

RAQUEL.- ¡Él tiene palabras de vida eterna, nadie nos ha hablado como él!

ESCENA 27

LUGAR: Casa de Silas.

PERSONAJES: Silas, Ruth, Dimas, Sara, Esteban y Marta.

TIEMPO: En casa de Silas la familia se ha reunido a compartir la comida en horas de la tarde.

ESCENOGRAFÍA: Esta vez se muestra el interior de un comedor grande, iluminado con antorchas. Toda la vajilla es de cerámica.

En un extremo de la mesa y presidiéndola estará Silas, al otro extremo Ruth su esposa, en uno de los costados (el derecho) estará Dimas, al lado suyo hay un lugar vacío que será ocupado por Sara, que está dedicada a servir los alimentos, frente a Dimas y al puesto de Sara aparecen sentados sus dos hijos Esteban y Marta.

Sara pone la última bandeja y se coloca en la mesa. Silas se pone de pies y dirige la oración:

SILAS.- (Pone sus manos extendidas algo más que horizontales y eleva su mirada. Lo mismo hacen todos los presentes) .- A ti nos dirigimos Yavé Dios de nuestros padres, que bendigas a tu pueblo y a todos los aquí presentes enviándonos a tu Salvador prometido a nuestros antepasados. Recibe también nuestra gratitud por los alimentos que hoy nos regalas. Amén.

TODOS,- Amén.

Se sientan todos y empiezan a llenar los platos. Sara llena el plato de cada uno de sus hijos.

SILAS.- Cada vez la mesa tiene menos alimentos, nuestra economía no ha funcionado bien, ya que ni en el Palacio de Herodes, ni en el de Poncio Pilatos nos han querido comprar mercadería, ni siquiera lo han hecho los sacerdotes del templo... La gente antes venía hasta nuestra casa para comprar su propia cerámica, hoy alguien más lo está fabricando y necesitamos llevar nuestro producto hasta algún sitio.

DIMAS.- ¿Crees que debemos llevar nuestra vieja carreta y vender desde ella nuestros platos o bandejas?

SILAS.- No, esa carreta pensaba que la podrías ocupar tú para salir a vender nuestros productos en otras regiones. Tu esposa Sara y tu hijo Esteban venderán aquí en algún lugar concurrido de la ciudad.

(La cámara muestra las actitudes de cada persona ante las palabras de Silas. Todos toman esas palabras con respeto y obediencia.)

ESCENA 28

LUGAR: Patios del palacio de Herodes. Junto a las caballerizas.

PERSONAJES: Mateo, Rebeca, Dimas, Sara, Esteban y Marta.

Se mira el patio del palacio de Herodes, donde Rebeca aparece abrazando a su nieta Marta, tanto ellas como los restantes personajes, están observando a Dimas que aparece montando a uno de los caballos Romanos y demostrando gran habilidad como jinete. Demuestra la toma que Dimas conoce bien al caballo, le da un silbido y el caballo se para en dos patas, luego se monta y se desmonta con caballo en movimiento, como un acróbata de circo. Finalmente se detiene.

MATEO.- El caballo no se olvida de ti.

DIMAS.- Ni yo de él. (Acaricia al caballo después de bajar de él)

SARA.- Creo que debes agradecerme a mí, ya que te hiciste experto en caballos gracias a que me venías a ver en este establo cuando yo era más joven.

DIMAS.- (Con picardía) No, tú debes agradecerles a los caballos, ya que yo venía solo por ellos y gracias a ellos te conocí.

TODOS.- Ja ja.

Sara sonríe y Dimas y Sara se abrazan y se dan un beso.

ESCENA 29

(Esta escena es una continuación de la anterior con la única inclusión de un nuevo personaje Rómulo. Este Centurión ya fue visto en la escena 5 de modo que deberá cuidarse que aparezca como de unos 52 años)

Rómulo entra montado en su caballo.

MATEO.- (Sale a recibirlo) Buen día oficial… ¿Está Ud. Enfermo?

(La cámara muestra las miradas de todos que están fijas en Rómulo)

Rómulo se desmonta de su caballo y dice:

RÓMULO.- Gracias Mateo, pero yo estoy muy bien... Pero... Tengo un fiel empleado mío en la casa que está muy enfermo, ya lo han visto dos curanderos y si sigue mal, yo creo que morirá pronto y ¡No sé qué hacer!.. Aunque algunos judíos me han aconsejado que debo buscar a un predicador de Nazaret, el cual afirman hace milagros.

DIMAS.- ¿Es algún curandero famoso?

RÓMULO.- No la gente dice que es quizá un profeta.

REBECA.- Sabemos que tú eres un militar bueno con los Judíos, que construiste en Cafarnaúm una sinagoga. De seguro que la gente en Galilea te ayudará a localizar al profeta.

RÓMULO.- Me agrada la fe que tiene el pueblo Judío y he tratado durante mi estancia en Galilea de conocer algo más sobre este pueblo.

MATEO.- ¿Cuándo saldrás para Galilea?

RÓMULO.- Tenme listo mi caballo para mañana muy temprano.

Esteban toma las riendas del caballo y lo dirige a un corral. Dimas le quita su montura y acaricia al animal.

MATEO.- El caballo estará listo muy temprano.

REBECA.- (Dirigiéndose a Rómulo) – La próxima vez que vengas a Jerusalén tráenos noticias del predicador de Nazaret.

RÓMULO – Lo haré. (Se va al interior del palacio)

ESCENA 30

LUGAR: Cantina comedor en Jerusalén (Lugar pobre con pequeñas mesas para que los forasteros coman o beban. En el lugar hay una trastienda que sirve para la reunión de un pequeño grupo secreto.)

PERSONAJES: Cantinero, (personaje importante, que juega doble papel, atiende los pedidos de comida o bebida y a la vez deja pasar al interior de la trastienda a las personas que conoce o saben la contraseña.)

Judíos forasteros, comen o beben en el recinto, conversando entre ellos.

VÍCTOR: Ladrón joven y fuerte, quizá de unos 21 años.
Al iniciar la escena el cantinero con una gran fuente sirve los platos a cada persona en una de las mesas de su lugar. En otra mesa puede verse unos judíos libando.
Víctor (Un ladrón joven) Entra en el comedor cantina y mira disimuladamente a todos los presentes. Va junto al mostrador central y espera.
CANTINERO.- Lo atiendo en un momento. Dice mientras termina de dejar los platos en la mesa.
Cuando está libre, se dirige al joven.
CANTINERO.- ¿Qué le sirvo forastero?
VÍCTOR.- (Baja la voz para no ser escuchado) Jehová nos dará la liberación.
CANTINERO.- (También en voz baja) Los Romanos serán vencidos
VÍCTOR.- (Continúa con voz baja) Nosotros seremos su mano poderosa.
El cantinero abre la puerta detrás de su espalda y Víctor pasa solo al interior.

ESCENA 31

LUGAR: Trastienda de la cantina y comedor de Jerusalén
PERSONAJES: Barrabás, Víctor y cuatro ladrones más.
DECORACION: La escena se desarrolla en un cuarto pobre donde se han unido dos mesas pequeñas para formar una mesa larga, no hay mayores decoraciones pero sirve de adorno una estrella de David. Barrabás ocupa el extremo principal de la mesa.
Luz artificial a través de una pequeña ventana y antorchas.
TIEMPO: Año 32 DC.

(La primera toma en esta escena se la hace a espaldas de Barrabás, los hombres reunidos están en plena risa, de pronto se abre la puerta y todos cortan la risa y miran a la puerta.)

Víctor entra en el cuarto, da una mirada de observación, espera que la puerta a su espalda esté bien cerrada y dice:

VÍCTOR.- (Como si saludara a todos) Jehová nos dará la liberación.

TODOS.- Los Romanos serán vencidos.

VÍCTOR.- Nosotros seremos su mano poderosa.

BARRABÁS.- (Ordenando) Siéntate

Víctor toma asiento aún con recelo.

BARRABÁS.- ¿Cómo te llamas?

VÍCTOR.- Mi nombre es Víctor soy de Nahín.

BARRABÁS.- Estás joven y estás fuerte..(Se levanta y se pasea mientras habla) ¿Quién te habló de nosotros?

VÍCTOR.- Un amigo al que todavía no veo.

(En ese instante se abre la puerta y todos se callan)

ESCENA 32

PERSONAJES: Todo aparece igual que la escena anterior pero se incluye A Jonás. (Ladrón, edad aproximada 25 años)

LUGAR: El mismo de la escena anterior.

Todos se callan hasta que la puerta esté cerrada y dice uno de ellos:

JONÁS.- ¡Jehová nos dará la liberación!

TODOS.- ¡Los Romanos serán vencidos!

JONÁS.- Nosotros seremos su mano poderosa.

Barrabás hace una señal y los dos llegados toman asiento, luego se dirige al recién llegado y le pregunta:

BARRABÁS.- ¿Cómo te llamas?

JONÁS.-Mi nombre es Jonás.

BARRABÁS.- Por ahora no esperamos a nadie más, apenas somos 8 y tenemos al más poderoso ejército del mundo como rival, pero no nos sintamos mal, que en el interior de cada Judío y de cada extranjero conquistado por ellos, tendremos a un gran ejército de enemigos de Roma. Sean muy cuidadosos en seleccionar a otros nuevos guerreros, de eso dependerá nuestro éxito. Debemos ser grandes amigos, porque estaremos en permanente peligro y nos vamos a necesitar mutuamente. A los dos nuevos Víctor y Jonás deseo mostrarles nuestro gran tesoro.

Barrabás y los dos nombrados se ponen de pies. Barrabás se acerca a una parte del piso entablado y levanta una compuerta disimulada en el piso, allí se ve un graderío por el que entran a una bodega. Barrabás enciende una antorcha y sigue y con él Víctor y Jonás.

ESCENA 33

INTERIOR DE UNA BODEGA
DECORACION: Aparece un gran espacio donde hay toneles de vino en proceso de fermentación, todo aparece empolvado, es indispensable la existencia de ciertas lámparas de aceite que se van encendiendo en la medida en la que se avanza.
Hay cajas que sirven para almacenar cosas.
PERSONAJES: Barrabás, Víctor y Jonás
Barrabás quita una tela de araña y continúa lentamente. Hay gran admiración en sus acompañantes. Al mirar los depósitos de vino comenta Víctor.
VÍCTOR.- ¡Vaya, que buen tesoro!
Todos ríen.
BARRABÁS.- Calla gracioso que no es ese el tesoro sino este.
Levanta unos cobertores y muestra como unas 30 espadas, como 8 escudos y muchos cuchillos, alguna hacha.
La mirada de los jóvenes se ilumina y hay gran sorpresa y gritos de satisfacción y asombro.
VÍCTOR.- ¡Oh!
JONÁS.- ¡Son muchas!
BARRABÁS.- (Después de una sonrisa de complacencia) No (Dice con gesto duro) Son en realidad muy pocas armas para un ejército, peor aún cuando nuestro rival es tan poderoso. (Cubre las armas con gran cuidado) Es más, Ustedes para ser admitidos deberán traer por lo menos dos espadas más cada uno.
JONÁS.- ¿Cómo las conseguiremos?
BARRABÁS.- (Con picardía) Siempre hay un soldado despistado.
TODOS.- Ja ja ja.

ESCENA 34

LUGAR: Calle frete a la casa de Silas.
PERSONAJES: Dimas, Sara Esteban y la niña Marta.

DECORACIÓN: Un burro aparece cargado de cerámica, Dimas está con un cayado como dispuesto a salir en una caminata. Está revisando los nudos de la carga a fin de que no se muevan en el viaje. Sara aparece haciendo un envoltorio con alguna comida y una funda de cuero con agua para el camino. Dimas lleva consigo siempre el cuchillo que fuera regalo de los magos. Sus cabellos estarán cubiertos a la usanza de los Judíos.

Sara cuando tiene listo su envoltorio dice:

SARA.- Cuídate Dimas, que siempre hay peligros en el camino.

Dimas apoya su cayado en el burro y antes de recibirle su envoltorio, la toma en sus brazos, le da un pequeño giro, la inclina un poco y le regala un largo beso.

Se oyen unos aplausos, y son los venidos de Esteban y Marta.

Al oír los aplausos Dimas deja a su esposa y va con prisa hacia su pequeña niña, la levanta y la hace girar en el aire. La estrecha contra sí y le regala un beso.

Luego abraza a su muchacho y le regala un beso en la frente.

DIMAS.- Los amo. Los amo a todos. ¡Cuídense!

ESTEBAN.- Y tú también papá.

Dimas toma su cayado y tira la cuerda del animal.

La cámara toma desde atrás de la familia que siguen los primeros pasos de Dimas mientras este se aleja.

MARTA.- ¿A qué ciudad se va?

ESTEBAN.- A Cafarnaúm

MARTA.- ¿Naun?

ESTEBAN.- Cafarnaúm. (deletreando)

MARTA.- Naún

ESTEBAN.- Cafarnaúm. Ja ja. (Refiriéndose a Marta) Repite. (Hay alegría en su cara.)

ESCENA 35

LUGAR: Cafarnaúm: una aldea, casa de un centurión.

PERSONAJES: varias mujeres junto a una persona enferma; aparecen dos soldados, entre las mujeres se destaca la esposa de la persona enferma, que le pone compresas frías al enfermo y permanece junto a su lado.

Esta escena será en horas de sol.

SOLDADO 1.- (En voz baja) ¿Queda alguna esperanza?

SOLDADO 2.- (dice mientras mueve la cabeza) Ninguna.

SOLDADO 1.- ¿Sabes tú, si nuestro jefe ha ido en busca de algún mejor curandero?

SOLDADO 2.- La gente me dijo que fue en búsqueda de un profeta Nazareno.

ENFERMO.- M... M.. (Hace gestos de dolor)

ESPOSA.- ¿Dónde te duele?

SOLDADO 1.- _ Señora, él ya no le puede oír.

SOLDADO 2.- Tampoco puede hablar. Ha perdido la conciencia y su habla. Señora tal vez conviene estar preparados para lo peor. (Al decir esto la protege y consuela poniendo su mano sobre el hombro de la mujer.(Hay un cruce triste de miradas entre todos...)

El enfermo se mueve un poco como si despertara. Abre sus ojos y mira para todos los lados. Hay extrañeza en todos los presentes.

ESPOSA.- (Entre sorprendida e incrédula) ¡Mi amor! ¿Te sientes bien?

ENFERMO.- Estoy bien.

TODOS Demuestran sorpresa y profieren gritos, alabanzas, vivas.

ENFERMO.- (Se sienta en su cama y dice a los presentes) Estoy curado.

ESPOSA .-No te levantes aún, podría hacerte daño.

ENFERMO.- Me siento perfectamente, de modo que quiero levantarme.

Se incorpora y se pone de pies sin dificultad. En todos continúa la admiración, los comentarios.

SOLDADO 1.- ¡Vaya qué recuperación más prodigiosa! ¿Le diste alguna medicina especial que haya provocado este milagro?

ESCENA 36

LUGAR Y PERSONAJES: Los mismos de la escena anterior, pero se suma a ellos Rómulo, el centurión.

RÓMULO.- (entrando. El ha escuchado la frase del soldado y responde a la vez a su pregunta) No él no ha tomado ninguna medicina, para su recuperación, oíd lo que ha sucedido: Muchas personas amables, al saber que mi fiel sirviente estaba enfermo y al saber que Jesús el Nazareno había llegado a Cafarnaún lo traían a esta casa para que curara al enfermo; pero yo al enterarme, fui hasta el Señor y le supliqué que no viniera para mi casa, porque como extranjero y pecador no era digno de recibirle en mi casa, por tanto le pedí que curara a mi siervo a la distancia. Porque si yo como centurión tengo poder sobre mis soldados y digo a uno haz esto... y lo hace y digo a otro vete, y se va, él también con su poder podría decir a la enfermedad que se fuera, aunque estuviera a la distancia. Y ya ven, lo Hizo.

TODOS Profieren en una gran aclamación, hay gritos, alabanzas, admiración. (Se oyen entre los gritos en forma más notoria ¡Gloria a Dios Viva nuestro Profeta!)

ESPOSA.- ¡Dios sea Bendito!, ¡Bendito sea el que viene en nombre del Señor!

ENFERMO.- (Puesto de rodillas) ¡Gracias a Dios. Gracias a Dios y a su Profeta que me ha curado!

ESCENA 37

LUGAR: Puede ser el mismo u otro parecido al de la escena 10
PERSONAJES: Víctor, Jonás, otro ladrón y Dimas.
Son aproximadamente las 11 A M.
(En la escena las cámaras muestran a los ladrones agazapados a los lados del camino que está solitario.)
A lo lejos se ve a Dimas que camina tirando de la cuerda de su asno, que viene cargado de mercancías.

Se nota nerviosismo, la música debe ayudar a la tensión del momento. La cámara muestra desde las espaldas de Jonás, que a su vez está detrás de algún arbusto, como desde el lugar dirige con señas a sus compañeros.

Jonás hace alguna señal para que todos permanezcan escondidos.

Víctor Se esconde mejor y observa atentamente el camino.
(Víctor está solo y más adelante que los demás)

El otro ladrón aparece más cercano a Jonás empuñando su espada.

Dimas y su borrico pasan junto a Jonás y el otro ladrón. El está muy tranquilo, ya que no ha reparado en ellos. Hay sudoración en su rostro.

De Pronto Víctor se cruza en su camino, no lleva espada en la mano, pero ésta estará al cinto.

VÍCTOR.- ¡Ayúdeme por favor! (dice en tono suplicante)

Dimas detiene su burro y pregunta:

DIMAS.- Hombre, ¿Qué te sucede?

Jonás y el otro ladrón han salido de pronto armados sorprendiendo a Dimas por su espalda.

JONÁS.- (Con voz fuerte) Este es un asalto!!

OTRO LADRÓN.- No intentes nada o mataré a tu burro.

Dimas sorprendido mira hacia atrás, en este momento Víctor saca su espada amenazante.

DIMAS.- No sería una buena idea matar a mi burro, porque entonces nadie podría llevarse su carga.

JONÁS.- (Ordenando) Pon tus brazos en cruz.

Dimas obedece.

VÍCTOR.- ¿Qué llevas en esas cargas tienes cuchillos o espadas?

DIMAS.- Son platos y vasijas de cerámica.

El otro ladrón con el tacto de sus manos comprueba las cargas.

JONÁS.- ¿No tienes espada?

DIMAS.- No.

VÍCTOR.- Dame tu puñal.

DIMAS.- Pero éste es un recuerdo muy importante.

VÍCTOR.- (Con voz más fuerte) ¡Dámelo te digo!

Dimas comprueba al disimulo la distancia a la que está cada uno, baja sus manos para zafarse el cinturón y cuando lo hace ha tomado el cuchillo con su mano izquierda y la correa en su derecha como un látigo, que en forma rápida y sorpresiva, la orienta contra Víctor, su movimiento veloz desarma a Víctor. Víctor al verse desarmado pretende recoger se espada, pero ya el fuerte brazo derecho de Dimas lo sujeta por la espalda mientras su mano izquierda apunta su cuchillo hacia el cuello, de modo que en un corto instante pasa Dimas de dominado a dominador de la situación.

Jonás totalmente sorprendido de lo que pasa, solo avanza más cauteloso con su espada, pretendiendo retomar el terreno perdido. También el otro ladrón se acerca más; pero a este punto Dimas con fuerte voz ordena:

DIMAS.- ¡Ni un paso más o mato a tu amigo!

Jonás y el otro ladrón están temerosos, se han detenido, pero sus armas siguen amenazantes.

La cámara tomará a detalle los rostros de cada uno.

JONÁS.- No podrás solo contra los tres. ¡Ríndete!

DIMAS.- Dirás contra los dos porque si te acercas... A éste lo mato. (Presiona algo más su cuchillo)

VÍCTOR Hum, hum. (se queja)

Los asaltantes se sienten temerosos.

DIMAS.- (con voz de mando) Tiren sus espadas o lo mataré!

VÍCTOR Hum..Hum.

OTRO LADRÓN.- No podemos desarmarnos, porque entonces tú matarás a Víctor y luego nos matarás a nosotros.

JONÁS.- Te ofrezco un trato. Si dejas libre a mi amigo, nosotros te dejaremos libre a ti.

DIMAS.- Me gusta el trato, cómo sabré que lo van a cumplir.

JONÁS Y OTRO LADRÓN (juntos).- Te damos nuestra palabra.

DIMAS (refiriéndose a Víctor).- ¿Y tú?

VÍCTOR (con voz que sale de una garganta apretada).- Te la doy.

DIMAS.- Momento, que tú debes responderme algo más. He visto que son unos ladrones diferentes, ya que nunca me preguntaron por mi dinero, solo me preguntaron por espadas o cuchillos, ¿quiénes son?

OTRO LADRÓN.- No se lo digas.

Jonás se ha quedado sin saber qué decir.

VÍCTOR.- ¿Eres tú Judío verdad?

DIMAS.- Desde luego.

OTRO LADRÓN.- No se lo digas.

VÍCTOR.- Somos parte de un grupo que pretende la libertad de los judíos y para eso necesitamos armas.

DIMAS.- No, y también necesitan un mejor entrenamiento.

VÍCTOR.- Tú en cambio tienes la agilidad de un soldado, realmente te necesitamos en nuestro grupo.

DIMAS.- Si me das más datos lo pensaré.

ESCENA 38

LUGAR: una calle de Jerusalén

Hora aproximadamente las 11 A M.

ESCENOGRAFÍA Hay como unos 5 cántaros en la calle. Como 5 jarrones y sobre una pequeña mesa vasos y platos todos de cerámica

Personajes: Sara, tres soldados romanos (ligeramente bebidos) Judíos de varias edades que cruzan por la calle en las dos direcciones, sin intervenir activamente, aunque pueden actuar con ciertas miradas o alejamientos del lugar en los momentos conflictivos.

Más tarde Esteban.

Para empezar una cámara mostrará un acercamiento de una pieza de cerámica, para luego mostrar a Sara sentada en el suelo vendiendo sus mercancías. Desde uno de sus costados, una cámara enfoca a Sara y se ven venir por la calle a los alegres soldados romanos, que primero aparecerán desenfocados para luego entrar en la escena.

SOLDADO EBRIO 1.- ¡Per Baco!

SOLDADO EBRIO 2.- Yo te digo que Roma es Roma, es la grande es... La capital del mundo.

SOLDADO EBRIO 3.- Caminen con cuidado, ¡Pon atención con esa mesa!

Sara ha creído ver un peligro y se ha puesto de rodillas tratando de proteger sus mercancías a las que cubre protegiéndola de los soldados.

SOLDADO EBRIO 1.- ¿Qué vendes mujer? Las mujeres bonitas como tú no deberían trabajar.

Sara no le responde, solo lo mira con cierto temor. Abre sus brazos como cubriendo su delicada mercancía.

El soldado ebrio la toma de la cintura y quiere en forma forzada darle un beso.

Se denota el disgusto de Sara que trata de impedirlo.

Aparece de pronto Esteban que velozmente toma al soldado agresor por sus ropas y lo lanza al piso y sin darle tiempo a reacción le lanza un golpe. Y cuando intenta un segundo los soldados que acompañaban al agresor lo han sujetado y una vez dominado, el soldado caído se levanta y lo castiga con cuatro golpes mientras dice:

SOLDADO EBRIO 1.- ¿Cómo te atreves a golpear a un soldado Romano No sabes que esto te puede costar la vida?

ESTEBAN.- No debes topar a mi madre jamás.

SOLDADO EBRIO 2.- Calla puerco Judío, Jamás golpees a un soldado.

SARA.- ¡Por piedad, Basta ya!

SOLDADO EBRIO 3.- Déjalo, ya es suficiente.

Esteban está tirado en el piso y su madre lo atiende, la mirada de Esteban despide odio e impotencia.(Su cara se ve golpeada y colorada)

SOLDADO EBRIO 2.- Jamás topes a un soldado Romano, Hoy te perdonamos pero la próxima vez, te mataremos.

Los soldados se alejan.

ESCENA 39

LUGAR: Una casa en una ciudad Judía (es la ciudad de Cafarnaúm), la escena muestra la entrada de una casa donde hay gran cantidad de gente, que no cabe en el interior.

PERSONAJES:

GESTAS, Que estará entre la gente.

UN PARALÍTICO: Viene traído por

CUATRO CAMILLEROS.

MUJER JUDÍA

Habrá mucha luz en la escena, ya que se desarrolla la escena alrededor del medio día.

La camilla que traen los amigos del enfermo es muy rústica, son solo dos largos palos, que se apoyan en los hombros de cuatro hombres, una manta resistente amarrada en sus extremos a los palos sirve de sostén al paralítico. El rostro de los camilleros deberá reflejar cansancio.

CAMILLERO 1.- Queremos ver al Nazareno.

MUJER JUDÍA.- Será imposible ya que está dentro de la casa, y nadie puede pasar, porque no caben más.

CAMILLERO 2.- (Queriendo abrirse paso) Paso, déjenos pasar traemos un paralítico.

Logran entrar un poco, pero el gentío les impide.

La cámara muestra entre la gente el rostro de Gestas, que mira con detenimiento una pulsera en las manos de una mujer, que está tratando de entrar.

CAMILLERO 3.- Por aquí es imposible.

MUJER JUDÍA.- Por acá, vengan por acá.

Los camilleros empiezan a retroceder para seguir a la mujer.

Gestas aprovecha el momento y con habilidad arrebata la pulsera de una de las mujeres y se retira ligeramente de ese lugar.

ESCENA 40

LUGAR: Parte trasera de una casa judía, hay un pequeño graderío y una parte del techo de madera, que podrá quitarse con cierta facilidad.

PERSONAJES: Mujer judía (Ella solo aparecerá al inicio mostrando el camino a la azotea.)

Cuatro camilleros (Los mismos de la escena anterior)

Paralítico (Inmóvil en su camilla, con ligero movimiento de la parte superior del cuerpo)

(Aparece la mujer con la mano extendida mostrándoles el camino a la azotea.)

Los camilleros siguen por un graderío lateral y dejan la camilla, mientras retiran una parte del techo, y por allí descienden la camilla.

(Es importante en esta escena mostrar el esfuerzo de los camilleros en la realización de éstos trabajos.)

ESCENA 41

LUGAR La escena muestra el interior de la casa judía. En ella hay mucha gente entre los que se distinguen dos sacerdotes judíos.

PERSONAJES: Jesús, algunos apóstoles, sacerdotes, enfermo, en lo alto camilleros y multitud.

Aparece Jesús predicando, hay personas también de pies en su contorno Jesús aprovecha el desnivel de una pequeña grada para ser mejor visto.

JESÚS .- (En este pasaje Jesús demuestra una especial emoción) ...Volveré a la casa de mi padre y le diré: "Padre, he pecado contra el cielo y contra ti. Ya no merezco ser llamado hijo tuyo. Trátame como a uno de tus sirvientes" Se levantó, pues, y se fue donde su padre.

Estaba aún lejos cuando su padre lo vio y sintió compasión; corrió a su encuentro se echó a su cuello y lo besó. Entonces el hijo le habló: "Padre he pecado contra Dios y contra ti, ya no merezco ser llamado hijo tuyo." Pero el padre dijo a sus servidores: "Rápido! Traigan el mejor vestido y pónganselo. Colóquenle un anillo en el dedo y traigan calzado para sus pies. Traigan el ternero más gordo y mátenlo; comamos y hagamos fiesta, porque este hijo mío estaba muerto y ha vuelto a la vida, estaba perdido y lo hemos encontrado. Y comenzaron la fiesta.

La cámara va mostrando los ojos de atención con que los presentes siguen a Jesús, se los nota conmovidos.

JESÚS.- El hijo mayor que estaba en el campo, preguntó sobre el motivo de la fiesta y se enojó y no quería entrar. Su padre salió a suplicarle, pero él contestó "Hace tantos años que te sirvo sin haber desobedecido ninguna de tus órdenes y nunca me has dado un cabrito para hacer una fiesta con mis amigos, pero ahora que vuelve ese hijo tuyo que se ha gastado el dinero con prostitutas, haces matar el ternero más gordo." El padre le dijo: "Hijo tú estás siempre conmigo y todo lo mío es tuyo, Pero había que hacer fiesta y alegrarse, puesto que tu hermano estaba muerto y ha vuelto a la vida, estaba perdido y ha sido encontrado."

La multitud está impresionada con el mensaje. Hay personas con lágrimas en sus ojos.

En ese instante se abre parte del techo, cae sobre la multitud algo de polvo y los camilleros descienden la camilla desde el techo con el paralítico.

Hay extrañeza en el público, pero también curiosidad y deseo de ayudar al enfermo.

La cámara muestra una ligera sonrisa en el rostro de Jesús.

El Público aunque estrechos, se han retirado para que la lona y el paralítico se apoye en el suelo.

JESÚS.- (Alza a ver a los camilleros y les dice) Muchachos! Grande es su fe! (Luego dice al paralítico) Y la tuya también... (Sonríe y dice con energía) TUS PECADOS TE SON PERDONADOS.

La cámara muestra el rostro de los sacerdotes, desean protestar pero temen a la multitud. Pero a pesar de que no mueven sus labios se escuchan sus pensamientos:

SACERDOTE 1.- ¿Quién se cree este? El no puede decir eso, ¡Es un Blasfemo!!

SACERDOTE 2.- ¡Solo Dios puede perdonar los pecados!

JESÚS.- Sé lo que estáis pensando. Decidme, ¿Qué es más fácil decir: tus pecados te son perdonados, o decir a este paralítico: Levántate y anda?

Hay silencio en la multitud, luego la gente responde en murmullos

JESÚS.- Ya lo sé sería muy fácil para un charlatán decir a este hombre, "Tus pecados te son perdonados." Y sería muy difícil para él decir a este paralítico levántate y anda. Pues para que veáis que el Hijo del Hombre tiene en la tierra el poder de perdonar los pecados. Tú, levántate, toma tu camilla y vete a tu casa.

El paralítico se sienta, dobla sus piernas se pone de pies, se topa sus manos, sus pies, levanta sus manos con gran alegría para mostrarles a sus amigos que todavía observan desde el techo. Da gritos de alegría y salta de felicidad. Luego mira a Jesús y se postra ante él diciéndole:

PARALÍTICO.- Gracias por perdonar mis pecados, gracias por mi curación. (Gritando) ¡Estoy curado, esto curado! ¡Bendito sea Dios!

Toma la lona y las cuerdas, con las que fue descendido y sale dando gritos de alabanza.

(La escena de la curación debe estar acompañada de gritos de admiración, no solo cuando el paralítico se incorpora, sino

también cuando éste sale caminando entre ellos. Unos cuántos lo tocan al paralítico todavía llenos de asombro y otros con gritos expresan su alegría)

PARALÍTICO.- (Saliendo entre la multitud) ¡Gloria a Dios. Gloria a Dios. Camino. Estoy curado, estoy curado. Puedo caminar.

ESCENA 42

DECORACIÓN: Es idéntica a la escena 40 en las afueras de una casa en Cafarnaún, donde hay un gran gentío.
PERSONAJES: Paralítico, cuatro camilleros, Gestas y multitud.
La escena empieza con un gran griterío de la multitud. Hay gritos de ¡MILAGRO. MILAGRO!, ¡GLORIA A DIOS! Los camilleros han bajado a recibir al antiguo paralítico, que sale entre aclamaciones y aplausos.
Los camilleros alzan sus manos, con gran alegría y dicen:
CAMILLERO 1 ¡El Nazareno lo ha curado!
CAMILLERO 2 .- ¡Que viva nuestro profeta!

La cámara muestra a Gestas que de reojo mira una bolsa con dinero en el cinto de algún Judío.

El antiguo paralítico, sale por fin de entre la multitud y recibe el abrazo de sus amigos camilleros. Al pasar junto a las personas, éstas lo topan y palmotean.
Gestas aparece nuevamente pero esta vez tiene ya la bolsa de dinero entre sus manos. Y esta vez sí se retira del lugar.
Las personas en esta escena ya no mirarán tanto hacia el interior de la casa, sino, que el hombre curado, será el foco de las miradas.

ESCENA 43

ESCENOGRAFÍA: Es un comedor sencillo en una casa judía, toda la vajilla será de cerámica, no habrá sino una silla, que aparece vacía el resto son bancas para sentarse que no tienen espaldar. Al fondo está una puerta cerrada Hay unas antorchas cercanas a la puerta, lo cual nos ayuda a entender que la escena se desarrolla en horas de la noche.

PERSONAJES: Sara, Esteban, Marta y más tarde Dimas.

Esteban y su hermana Marta aparecen sentados, ya al finalizar su comida. Sara también se encuentra sentada en una banca, mientras la silla principal aparece vacía. Esteban está por llevarse unas lechugas a la boca cuando de pronto se abre la puerta. Todos miran hacia ella.

MARTA.- ¡Papá!!

Marta se ha levantado y corre a los brazos de su padre, Dimas se ve desarreglado, como quien ha hecho un largo viaje. Esteban se ha parado y espera su turno para abrazar a su padre. Y Sara está detrás de ellos.

DIMAS.- ¡Hija mía! Y al darle el abrazo, gira con ella en brazos.

ESTEBAN.- ¡Papá!!

Dimas abre sus brazos para abrazar a su hijo, lo abraza y al separarlo un poco de sí observa su cara y pregunta:

DIMAS.- ¿Alguien te ha golpeado?

ESTEBAN.- Sí padre. Ya te lo voy a contar, pero saluda primero con mamá.

DIMAS.- Sarita mi amor (Le da un largo beso, inclinándola un poco)

La cámara enfoca los ojos vivaces de Marta, que mueve la cabeza y hombros como tratando de decirle a su hermano cuanto amor se nota.

SARA.- ¡Dimas, Dimas!.. Tendrás hambre y hay comida caliente para ti.

DIMAS.- Claro, todos regresen a la mesa.

Los hijos regresan a la mesa, Dimas se quita una bolsa de cuero que la tenía cruzada y se acerca a un cántaro para asearse un poco, Sara le acerca una toalla y le hace una seña para pasar a la mesa. Va al fogón y sirve un plato con sopa, que se ve humeante. Dimas toma asiento en la silla, alza sus manos al cielo, hace una oración en silencio y empieza a comer, entonces dice a Esteban,

DIMAS.- Bien Esteban cuéntame ¿Qué te pasó?

ESTEBAN.- Un soldado Romano, quiso besar a mamá a la fuerza y yo me lancé a defenderla; Pero otros dos soldados me dominaron y permitieron que el desgraciado soldado se vengara.

Dimas se ha puesto de pies, mira a su esposa, que tiene una mirada de preocupación. Camina hacia su hijo y lo abraza.

DIMAS.- ¡Eres un valiente!! ¡Yo estoy orgulloso de ti!!

Luego avanza hacia su nerviosa mujer y también la abraza.

Regresa a su puesto, da un fuerte golpe en la mesa y dice:

DIMAS.- Desgraciados Romanos. ¡Abusivos!!... Yo sé que nuestro salvador está ya entre nosotros. Cuando yo era niño un respetable anciano lo miró mientras era presentado en el templo. Más tarde unos extraños personajes llegaron buscando al recién nacido. (Toma la daga en sus manos, la mira detenidamente) Yo quiero saber dónde está para apoyarlo, para que nos libre de estos opresores. (*La cámara muestra el silencio y atención con la que todos siguen sus palabras*) El Bautista dijo que no era digno de desatarle la correa de sus sandalias. Pero, ¿Dónde está?

En este momento se repite la toma con la frase de Víctor en la escena 37:

"REALMENTE TE NECESITAMOS EN NUESTRO GRUPO."

Dimas da otro golpe en la mesa y dice:

DIMAS: ¡Quiero unirme a ese salvador!!

Todos se han quedado en silencio y oyen a Dimas.

DIMAS.- Hace unos días un joven defendió a una niña de unos soldados, ahora lo hizo mi propio hijo. Dios me ha dado gran fuerza y habilidades. Yo les prometo que me uniré al salvador y lucharé para ver libre a mi pueblo. Será duro para todos mi cambio, pero estos Romanos no pueden seguir abusando de su fuerza.

Hay ira y emoción en sus palabras. Quiere golpear a alguien y da un golpe en la pared.

Todos están sentados, y atentos a las palabras de Dimas. Este cierra sus ojos, levanta las manos y muy concentrado y en voz alta hace esta oración:

DIMAS.- Yavé Dios de los cielos Tú me diste la fuerza y las habilidades que tengo, hoy has llegado hasta golpear mi corazón para despertarme, si en época de Gedeón destrozaste a un pueblo poderoso con solo trescientos valientes hoy quiero unirme a ti para defender a mi pueblo.

ESTEBAN.- (interrumpiendo) Amén.

DIMAS.- Hoy quiero unirme al salvador que has enviado a nuestro pueblo.

SARA Y ESTEBAN.- Amén.

NIÑA MARTA.- (Tirando de su túnica dice a su padre) Cuéntame de Gedeón.

ESCENA 44

ESCENOGRAFÍA: Es la misma de la escena 30, una cantina comedor.

PERSONAJES: Cantinero, Dimas y algunas personas (Las cuales comen en alguna mesa.)

Se empieza a mirar a un grupo de personas que comen, luego la cámara muestra al cantinero llenando una tinaja de agua en la que las personas suelen lavarse sus manos.

Mientras el cantinero realiza este trabajo entra Dimas al lugar y avanza hasta el lugar de pedidos. El cantinero lo mira y le dice:

CANTINERO.- Ya le atiendo Señor.

Deja una jarra con la que llenaba agua en la tinaja. Se seca sus manos con una toalla y le dice:

CANTINERO.- ¿Qué le sirvo?

DIMAS.- (En voz baja) Jehová nos dará la liberación.

CANTINERO.- (También en voz baja) Los Romanos serán vencidos.

DIMAS.- ¡Nosotros seremos su mano poderosa!

El cantinero oyendo esto, abre la cortina que cubre la puerta y le deja pasar a Dimas a la trastienda.

ESCENA 45

Es el interior de una trastienda y la decoración debe ser igual a la ya utilizada en la escena 31. Debe haber una cierta claridad ya que se realiza en horas de la mañana. Las dos mesas de la escena 31, se han arrimado a la pared como embodegadas, de ese modo se han dado mayor espacio. Alguna banca aparece junto a la pared, pero nadie se sienta en ella.

Personajes: Hay como unos doce hombres arrimados a la pared observando una pelea de entrenamiento. Debaten en el centro Víctor y Jonás, portan unas maderas sin punta, que semejan espadas.

Barrabás guía el entrenamiento, mientras están en este entrenamiento entra Dimas; pero los protagonistas del debate estarán tan concentrados en su entrenamiento, que no reparan en Dimas.

Dimas se queda observando el entrenamiento. De pronto Víctor golpea con su madera la mano de Jonás, este suelta su madera y trata de tomarse su mano, ya que tiene algún dolor. Víctor suspende su accionar.

BARRABÁS.- ¡Muy mal! Aunque estés herido, no te preocupes del dolor, hay siempre en tu contorno algo, con lo cual puedes defenderte: fuego, cuchillos, cuerdas (Barrabás se da cuenta del ingreso de Dimas y se calla, y se produce un silencio en la sala. Todas las miradas se dirigen a Dimas.)

DIMAS.- Jehová nos dará la liberación.

TODOS.- ¡Los Romanos serán vencidos!

DIMAS.- Nosotros seremos su mano poderosa.

Se produce nuevamente un pequeño silencio.

BARRABÁS.- (Pregunta a todos) ¿Quién lo recomienda?

VÍCTOR.- ¡Nosotros!

Jonás no ha hablado, pero afirma con su cabeza.

BARRABÁS.- Bienvenido, ¿Cuál es tu nombre?

DIMAS.- Soy Dimas.

BARRABÁS.- Como vez estamos en un entrenamiento. ¿Tienes alguna habilidad?

DIMAS.- Domino a los caballos y tengo otras habilidades. (Mira en su contorno y observa en el dintel de la puerta una mancha, y dice) – Mira esa mancha, luego saca su cuchillo y lo lanza, clavando la daga en el centro de la mancha.

Barrabás sonríe y dice:

BARRABÁS Nos serás de gran ayuda. ¡Bienvenido!

ESCENA 46

LUGAR: Establo o caballeriza del palacio en Jerusalén.
PERSONAJES: Mateo, Rebeca, Esteban y Rómulo.

Hora aproximada 2:00 P M.

En la escena aparece Esteban ayudando a sus abuelos con cargamentos de hierba que lleva a sus espaldas, mientras Mateo tomando de sus espaldas ciertas cantidades las distribuye en los comederos.

En ese momento entra Rómulo muy cansado. Todos interrumpen su labor, y también Rebeca se acerca a recibirlo.

MATEO – Bienvenido Señor Centurión, ¿Ha tenido un buen viaje?

RÓMULO.- Estuvo cansado, pero fue bueno.

REBECA.- ¿Desea Ud. Un poco de agua?

RÓMULO.- Gracias, te lo voy a aceptar.

Rebeca sirve agua en un vaso de cerámica y se la ofrece. Y Rómulo la bebe.

REBECA.- ¿Sigue enfermo tu sirviente o tal vez murió?

A Rómulo se le ilumina el rostro, alza los ojos a lo alto y dice:

RÓMULO.- Los judíos deben estar felices, hay en Galilea un gran profeta, él curó a mi criado sin ni si quiera toparlo. Dios está con él. Yo creo en su Dios. El es grande y poderoso; que, si su enviado esto hace, ¡qué hará vuestro Dios!

REBECA.- ¡Debemos conocerlo!

RÓMULO.- (Mirando a Esteban) Y a ti muchacho, ¿Quién te ha golpeado?

ESTEBAN.- No es nada, ya se me pasará. (Su cara demuestra todavía alguna huella de los golpes, pero se ve mucho mejor)

ESCENA 47

LUGAR: Una calle frete a una casa de un pueblo en Israel, (aproximadamente año 32 de nuestra era.)

PERSONAJES: Dos sacerdotes Judíos (Edades arriba de los 40) Un hombre joven (alrededor de los 20 años), una mujer a la que llamaremos la pecadora (Edad aproximada 25 años) y como veinte personas más. Una mujer que hace de guía (edad aproximada 50 años)

Una mujer que hace de guía, avanza con gran prisa seguida de unas veinte personas, va diciendo algo que no se entiende, pero que demuestra su enojo y su decisión.

MUJER GUÍA.- Allí es.

El grupo de personas llega hasta la puerta, los sacerdotes con un gesto dan la orden. La multitud empuja la puerta y entra a la casa. Se oye un griterío y los primeros que han podido entrar sacan a una mujer, que está despeinada, su larga falda se ve arrugada y mientras sale recibe empujones e insultos de la gente.

MUJER GUÍA.- ¡Sucia, pecadora, ahora la pagarás!

UNO DE LOS SACERDOTES.- Ya sabemos donde debemos apedrearla.

TODOS Vamos para allá.

MUJER GUÍA.- ¡Muerte para la pecadora que nos aleja de las bendiciones de nuestro Dios!

Entre gritos la gente se pierde por la calle, se van sumando cada vez más curiosos.

Desde cierta distancia, la cámara muestra un detalle de la casa de la que acaban de sacar a la mujer.

De la casa sale un hombre igualmente despeinado y con cara de susto, mira a donde va la multitud y huye por otro lugar.

ESCENA 48

Son las afueras de una de las ciudades judías, donde hay una cantera de piedras. Es aproximadamente las cuatro de la tarde, Corre un poco de viento en el lugar.

PERSONAJES JESÚS, le acompañan los doce apóstoles y de un grupo como de veinte a treinta personas.

Jesús está sentado sobre una piedra más grande, otras personas están arrimadas a las piedras, igualmente sentadas

JESÚS.- (Jesús tiene en sus manos dos pedazos de madera de muy diferente tamaño, que le sirven para su enseñanza) ¿Por qué miras la paja en el ojo de tu hermano (Muestra la pequeña astilla que sostiene en su mano) y no reparas en la viga que hay en tu ojo? (Muestra la madera más grande) Hipócrita! Saca primero la viga de tu ojo y entonces podrás ver, para sacar la paja del ojo de tu hermano. No juzguen a los demás, pues con la misma medida que juzguen, serán juzgados y con la misma medida que midan serán medidos.

Mientras Jesús da estas enseñanzas, se verán los ojos llenos de admiración de la gente sencilla.

JESÚS - (se pone de pies y camina) Si uno escucha estas palabras mías y las pone en práctica se parece al hombre sabio que construyó su casa sobre la roca, (Jesús aprovecha para topar las rocas) Cayó la lluvia, se desbordaron los ríos y sopló el viento, pero la casa no se derrumbó, porque tiene sus cimientos sobre la roca.(Topa la roca para dar más fuerza a sus palabras) Pero el que escucha estas palabras mías y no las pone en práctica, será como el hombre insensato que construyó su casa sobre la arena.(Muestra la arena en el lugar) Cayó la lluvia, se desbordaron los ríos y soplaron los vientos y la casa se derrumbó y todo fue un gran desastre.

(A este punto se escucha un bullicio de gente llegando. Jesús se calla y mira a los que llegan, algunos de sus oyentes igual se han puesto de pies)

ESCENA 49

Es el mismo lugar de la escena 48, pero a ellos se suman los personajes de la escena 47. Esta escena empieza primero a cierta distancia de la escena 48 y poco a poco se llegará a ella. Se mira el grupo de personas que caminan resueltas hasta la cantera de piedra, en el centro está una mujer que es objeto de empujones, dos sacerdotes caminan frente al grupo.

SACERDOTE 1.- (a modo de rezo) Yavé nos libre de los castigos y nos deshaga de los hijos de la iniquidad.

El otro sacerdote ha reconocido a Jesús en el lugar.

SACERDOTE 2.- (Hablará bajando la voz como planeando algo oculto) ¡Mira es el "Profeta" de Galilea, creo que él podrá resolver este problema. (Lo ha dicho con picardía y con incredulidad)

SACERDOTE 2 (También susurrando).- Nos podrá dar una gran ocasión o un motivo para acusarlo ja ja.

Desde una cámara en lo alto se miran los dos grupos, los que traen a la mujer se acercan al lugar en donde hay una buena cantidad de piedras.

Y dirigen a la multitud hacia donde está Jesús. Las personas allí reunidas se han puesto todas de pies. Colocan a la mujer cerca de Jesús.

La mujer lleva su cabeza baja, Se ha quedado sentada después de haber sido empujada por el grupo. Jesús la ha mirado muy poco. Los hombres y mujeres que traían a la mujer han recogido ya en sus manos algunas piedras para la ejecución. La mujer que les sirvió de guía ya lleva en sus manos dos piedras. Los que estaban con Jesús se alejan de la mujer para evitarse algún problema; pero han permanecido con gran asombro en espera de algún desenlace.

Habla el sacerdote dirigiéndose a Jesús:

SACERDOTE 1.- Hemos sorprendido a esta mujer en adulterio, Moisés nos manda en la ley apedrear a estas mujeres hasta su muerte.

SACERDOTE 2.- ¿Tú qué dices?

Jesús aprovecha que está frente a un poco de arena húmeda, mira al primer sacerdote y escribe algo en la arena,(Lo hace con la astilla más grande que sostenía en sus manos) luego sin incorporarse mira al otro sacerdote y escribe algo en la arena, mira a la mujer que les sirvió de guía y algo escribe. (Hay preocupación en todos y curiosidad de saber qué escribe)

SACERDOTE 1.- ¿No tienes ninguna respuesta?

Jesús se pone de pies, mira en sus manos los dos pedazos de madera, (*La cámara muestra en un gran acercamiento los dos pedazos de madera de diferentes tamaños con los que hacía las comparaciones*) y dice con gran autoridad.

JESÚS.- El que de vosotros esté sin pecado que tire la primera piedra.

Mira a la mujer que los guió y esta, duda, y deja que las piedras caigan de sus manos, retrocede y se retira. Y en la medida que Jesús las mira las personas se alejan agachan la cabeza y se retiran, también lo hacen los sacerdotes, los que ya tenían piedras las han dejado antes de retirarse. Hasta que se han ido todos.

(*La música ha dado un ambiente tenso a cada retiro de las personas, pero ahora la música suena muy suave*)

JESÚS.- (Utiliza un tono de voz lleno de paz y acogedor) Mujer ¿Dónde están los que te condenaban?

La mujer suavemente alza su cabeza y regresa a ver si hay alguno.

JESÚS.- ¿Nadie te ha condenado?

MUJER PECADORA.- (Habla con timidez) ¡Nadie Señor!

JESÚS.- Yo tampoco te condeno, (Le abraza) vete y en adelante, no peques más.

La mujer se incorpora, hace un gesto como si fuera a partir. Y corre a los pies de Jesús y se abraza a ellos.

ESCENA 50

LUGAR: Una esquina de una ciudad de Israel, que es como una mezcla de ciudad y de campo, a ella llegan unos senderos y un camino, en uno de los lados del camino hay dos casas pequeñas. En una de esas casas parece que se vende refrescos o vino. En la esquina hay unos cuantos niños jugando sentados sobre los troncos a los que imaginan caballos. En la pequeña explanada hay troncos de árboles donde la gente se sienta, En esta escena estarán unas tres personas ancianas, que son las que cuidan a los niños

HORA Aproximadamente 11 A M.

PERSONAJES: Dimas, que lleva su burro, el cual tiene una vistosa manta y unas decoraciones del mismo color sostenidas entre las orejas del animal.

SOLDADO ROMANO También lleva su caballo.

VENDEDORA DE REFRESCOS. (Mujer judía como de 40 años.)

La cámara hará primero una toma del lugar, mostrará a los ancianos conversando, pero sin perder detalles de sus pequeños nietecitos, que juegan sobre el tronco de un árbol, que se ha dejado en el lugar como para sentarse.

Dimas aparece de pies junto a su decorado borrico y está bebiendo en una taza de cerámica algún refresco, toma algo y acaricia a su animal. De pronto ve llegar al Romano, sentado en su caballo.

DIMAS.- (Se dirige al soldado Romano) ¡Señor, Bienvenido. Llegas en buen momento! Encontrarás aquí un buen refresco.

El soldado hace un gesto con la cabeza en señal de aceptar el saludo, da unos pasos hacia el lugar donde están los refrescos.

SOLDADO SEDIENTO: (Ordenando) Un Vino.

La vendedora va al interior saca un barril pequeño, que está a medio llenar, retira un tapón de madera y sirve en una copa de cerámica.

El soldado se sirve la mitad y sonríe.

Dimas ha dado una vuelta a su caballo, lo palmotea y dice al soldado Romano.

DIMAS.- Tienes un buen caballo, pero creo que no es tan veloz como mi burro.

SOLDADDO SEDIENTO.- ¿Estás borracho? Ningún burro puede correr tan veloz como un caballo.

DIMAS.- Es que tú nunca has visto como corre mi borrico. ¡El es un verdadero campeón!

SOLDADO SEDIENTO.- Veo que no sabes nada de caballos.

DIMAS.- Pero en cambio sé mucho de burros. Es más te voy a proponer una apuesta.

El soldado Romano hace un gesto de admiración.

DIMAS.- Esta vía llega hasta la cumbre de esa colina, Empecemos allí una carrera, tú en tu caballo y yo en mi burro, el primero que llegue aquí ganará la competencia y se llevará la apuesta. Mira yo apuesto esta hermosa daga (La saca)

Al soldado Romano se le han llenado los ojos de luz, Toma con gran admiración la daga y le da las vueltas (Se debe notar su gran admiración)

DIMAS Pero si yo gano, me darás tu espada.

SOLDADO SEDIENTO.- Me la estás poniendo muy fácil.

DIMAS -. ¿Aceptas el reto?

SOLDADO ROMANO.- Nadie me ha ganado ninguna competencia.

DIMAS.- Pues deja aquí tu espada y yo dejaré mi daga. El primero en llegar se llevará ese premio.

La vendedora de refrescos ha seguido la conversación. Los dos dejan sus armas y se la entregan a la vendedora.

VENDEDORA DE REFRESCOS.- Yo les prometo, que al primero que llegue le entregaré estas armas.

Las personas cercanas se han enterado de la apuesta y hay admiración.

ESCENAS 51 52 53

En estas escenas aparecerán ciertos lugares del camino, ancho como para uso de carretas, se verán en ellos tres diferentes lugares del camino, Dimas y el soldado Romano avanzan al paso, entre ellos se ve que hay diálogo, pero predomina la música de fondo.

(Queda a libertad del Director escoger los mejores lugares para las tomas, pudiendo ser estas panorámicas o cercanas, o mostrar ciertas curvas, pero deben dar la sensación de subir. Incluso pueden ser más de tres tomas o lugares.)

ESCENA 54

(Es la continuación de las anteriores)
LUGAR: Es la pequeña cima de una colina hasta donde llega un canino, por donde se entiende que pueden pasar carretas o caballos. La colina no es el final del camino, sino un punto de referencia ya que el camino continúa.

Al momento de la toma, el soldado Romano está de pies acariciando su caballo, mientras Dimas se encuentra acariciando a su burro.

De Pronto Dimas sube al burro y sorpresivamente da la señal de empezar tomando de sorpresa al soldado Romano.
DIMAS.- ¡YA!! (Fue la señal de inicio)
Dimas toma rápidamente la delantera al iniciar.
(Conviene escuchar en esta escena diferentes gritos con los que los jinetes apremian a sus animales)

Una música que será considerada como el tema de esta película. Acompañará la carrera y aparecerá hasta las siguientes escenas, hasta llegar al clímax de la carrera, que coincidirá con el clímax de la música.

ESCENA 55

(Se filmará con una cámara rodante, que correrá paralela a la acción presentada, o podrá utilizarse una cámara aérea u otra similar)

LUGAR: Apenas a poca distancia del inicio, se ve al soldado Romano a todo galope que va superando a Dimas y su burro, hasta tomar la delantera.
SOLDADO SEDIENTO.- ¡A vencer! (Mira a su rival con risa irónica y sigue)
DIMAS.- ¡Corre!
(Los animales y sus jinetes hacen su máximo esfuerzo.)

(En esta escena hay libertad de otras expresiones de coraje, La cámara hará tomas panorámicas y cercanas para mirar expresiones más personalizadas. La música será más fuerte en esta toma)

ESCENA 56

(Circunstancias de filmación parecidas a la anterior)

LUGAR: Otro lugar del camino.
PERSONAJES: Dimas y su burro y soldado Romano y su caballo
CIRCUNSTANCIAS: Se ve al soldado Romano como ocho a diez metros delante de Dimas.

La cámara hace un acercamiento de Dimas, el cual sonríe, disminuye la velocidad de su burro y toma un atajo del camino. La música ha disminuido ligeramente su volumen. Se mira alejarse a Dimas. Que va descendiendo poco a poco, pero por otro camino.

ESCENA 57

LUGAR: Sendero muy estrecho.
ACTOR ÚNICO: Dimas y su burro, Lleva a su burro al trote de acuerdo a lo que permite el lugar.

ESCENA 58

LUGAR: Parte del camino el soldado romano avanza a velocidad sobre su caballo, sin jamás mirar atrás. Se oyen de tanto en tanto gritos de aliento.

ESCENA 59

LUGAR: Parte empinada de una colina.
ACTOR ÚNICO: Dimas y su burro baja por una parte empinada donde no hay camino alguno. (*La música suena expectante.*)

ESCENA 60

Es el mismo lugar de la escena 50 en horas del medio día
PERSONAJES: Se han reunido unos diez hombres y unas dos mujeres, puede verse Algunos niños.
A más de ellos aparece la vendedora de refrescos que lleva en sus manos la espada y daga como trofeos.
Aparecerá luego Dimas y más tarde el soldado romano.
Por uno de los senderos, a gran velocidad aparece primero Dimas y llega a velocidad hasta la puerta misma, salta de su burro aún en movimiento, levanta sus manos en señal de triunfo y recibe el aplauso y la ovación de los presentes. Ellos también levantan las manos y hay gran griterío.
En ese momento también a velocidad se ve al Romano que luego cruza la meta..
SOLDADO ROMANO SEDIENTO.- (Muy enojado) ¡YO SOY EL GANADOR!
DIMAS.- Pero yo he llegado primero.
La gente lo respalda con sus gritos.
SOLDADO ROMANO SEDIENTO ¡Tú eres un desleal tomaste otro camino!
DIMAS.- La única regla que establecimos fue que el premio se daría a quien llegara primero. ¡No se puso otra regla!
VENDEDORA DE REFRESCOS.- Yo me comprometí a entregar el premio a quien llegara primero, y hoy lo cumplo. Y ante la ovación de los presentes se lo entrega a Dimas.

Se ve el rostro de frustración del soldado Romano. Hay una sonrisa en la cara de Dimas.

Soldado Sediento.- ¡Esto es una trampa!

DIMAS.- Voy a darte una oportunidad de recuperar tu espada.

SOLDADO ROMANO SEDIENTO.- ¡Eso me interesa!

ESCENA 61

LUGAR: En el mismo lugar de la escena anterior se ven sentados en una rústica mesa el soldado romano y Dimas. Los dos beben vino en copas de cerámica. Se nota que beben a la intemperie, no dentro de ningún cuarto.

La cámara para esta escena pasará entre la gente antes de mostrar la mesa en la que los dos protagonistas dialogan.

DIMAS.- Hoy te mostraré el camino por el que yo bajé. Y tú mañana trae a un compañero, le haces la misma apuesta, tomas el atajo y recuperas tu espada.

SOLDADO ROMANO SEDIENTO.- (Abre los ojos, sonríe y dice.).- ¡Me gusta la idea!

ESCENA 62

LUGAR: El mismo de las escenas anteriores.

PERSONAJES: Soldado Romano Sediento, Soldado competidor, Dimas, Vendedora de refrescos, tres mujeres conversando y dos niños que corretean entre ellas.

SOLDADO COMPETIDOR.- Tú no conoces la calidad de mi caballo.

SOLDADO SEDIENTO.- Algunos caballos finos no son buenos en competencias.

El soldado competidor da unas palmaditas sobre su caballo y dice:

SOLDADO COMPETIDOR.- Sé que éste me hará vencer. Se saca su espada y muestra a Dimas el mango para que la reciba. El soldado sediento hace igual.

La cámara hace ese momento un acercamiento al rostro del soldado y muestra que éste hace un inadvertido guiño de ojo a Dimas, ya que está seguro de su triunfo.

DIMAS.- Entregaré las dos espadas al ganador.
Los dos soldados romanos montan en sus caballos y van lentamente hacia la cima.

ESCENA 63

LUGAR: Cima de la colina por donde pasa el camino el mismo de la escena 54. Hay sol abundante.
PERSONAJES: Hay un hombre Judío como de 30 años y los dos soldados Romanos en sus respectivos caballos.
El Judío aparece trazando una línea en la tierra del camino, tras de ella aparecen en posición de competencia los dos soldados y su caballos.
SOLDADO COMPETIDOR.- ¡Te venceré!! (levanta su mano)
SOLDADO SEDIENTO.- ¡Jamás me vencerás!
Hay ligero silencio y expectativa.
JUDÍO.- (Alza su manos y grita fuertemente) ¡Ya!!
Los dos caballos inician al tiempo en la recta inicial. El Judío los ve alejarse. Desde el inicio se ve al soldado competidor tener muy ligera ventaja.

ESCENA 64

LUGAR: Parte inicial del camino como a treinta metros de la partida
Coincide el lugar al de la escena 55 *(Igualmente puede ser tomada con una cámara rodante.)*
TIEMPO: Horas de la mañana.
PERSONAJES: Dos soldados Romanos en competencia de velocidad sobre sus caballos.

Todo estará acompañado de una música fuerte. En la escena debe verse al soldado competidor aventajar al soldado sediento.
La cámara mostrará detalles ya sea de los rostros, como de los estribos.

*Debe notarse gran concentración en los competidores, quedan
en libertad interjecciones y gestos de coraje.*

ESCENA 65

LUGAR; otro sitio del camino coincide con la escena 56.
PERSONAJE: Soldado Romano al que lo hemos llamado
sediento, sobre su caballo.
Esta vez el soldado cuando lo ha visto a su competidor
adelantado, toma el conocido atajo, que en la escena 56 había
tomado Dimas y sigue con prisa.

ESCENA 66

LUGAR: El mismo de la escena 57, se repite básicamente lo
mismo, pero en esta vez es el soldado romano con su caballo,
bajando por la pendiente.

ESCENA 67

LUGAR: Es el mismo de la escena 58 en igualdad de
circunstancias, pero con otro personaje SOLDADO ROMANO
COMPETIDOR.

ESCENA 68

LUGAR: El mismo de la escena 59 pero con distinto actor, esta
vez es el SOLDADO ROMANO SEDIENTO y su caballo.

ESCENA 69

LUGAR: El mismo de las escenas 50 y 60.
PERSONAJES: vendedora de refrescos, Soldado Romano
sediento y su caballo,
Soldado competidor y su caballo, grupo pequeno de
personas: cinco mujeres y dos hombres.
En el lugar todos están preocupados por lo suyo, el grupo de
personas está bebiendo refrescos, pero no parecen esperar a
nadie, como en la escena 60. El grupo estará en un diálogo, que

se suspenderá con la llegada del primer competidor y la atención de todos se dirigirán al soldado y luego al segundo en llegar.

La cámara empezará desde lo alto, mostrando al grupo en animada conversación, cuando parece que vamos a entender lo que dialoga el grupo, se mira a todos observar hacia el sendero, ellos escucharon ya el galope del caballo.

Llega el soldado sediento y al mirar al camino y saberse ganador, explota en alegría y llega hasta el grupo de personas en una fuerte carcajada, levantando las manos y mirando al camino, por allí a todo galope llega el soldado competidor y explota de ira al sentirse engañado.

SOLDADO SEDIENTO.- JA JA JA...

SOLDADO COMPETIDOR.- ¡Eres un engañador!

Los dos han desmontado de sus caballos, y parecen que se enfrentarán a golpes. Soldado competidor empuja al soldado sediento.

SOLDADO SEDIENTO.- (sin perder su alegría) Un momento, en nuestras reglas, nunca se habló de que no debíamos salirnos del camino.

SOLDADO COMPETIDOR.- ¡Pero eso se entiende ya! Eso debe ser regla de toda competencia.

SOLDADO SEDIENTO.- (con energía) Solo se dijo claramente que el que primero que llegara recibiría el premio ja ja (Se ríe)

La gente se ha reunido junto a los soldados que discuten.

En este punto, el soldado competidor deja su actitud agresiva con su compañero, mira por sobre los hombros del otro soldado, se fija entre los presentes, da un giro sobre sus zapatos para mirar a todos los lados y luego pregunta muy serio y preocupado:

SOLDADO COMPETIDOR.- ¿Dónde está el Judío que tiene nuestras espadas?

La sonrisa del soldado sediento se suspende de inmediato. La cámara muestra el detalle de su rostro y el gran temor con el que gira para buscar a Dimas.

Su mirada denota terror, de volverse y no encontrarlo. Va girando suavemente...

SOLDADO SEDIENTO.- ¿Cómo, Dónde está el Judío?

Mira a los presentes como interrogándolos.

SOLDADO COMPETIDOR.- (Se dirige al otro soldado y le dice) ¿Pero él es tu amigo verdad? Porque tú confiaste en él. ¿Cómo se llama?

SOLDADO SEDIENTO.- No, yo no sé su nombre; pero... (Avanza hacia la vendedora de refrescos y le dice) Pero ¿tú lo sabes verdad?

VENDEDORA DE REFRESCOS.- Nunca lo hemos visto por aquí.

SOLDADO SEDIENTO.- ¿Nunca?

SOLDADO COMPETIDOR.- ¡Nos ha robado nuestras armas!!

SOLDADO SEDIENTO.- ¿Pero por dónde se fue?

Los presentes mueven sus cabezas, levantan los hombros en señal de no conocer nada. La cámara hace un gran acercamiento al rostro del soldado sediento que está lleno de ira, se oyen sus pensamientos "!Ladrón me robaste dos veces!"

ESCENA 70

El mismo lugar de las escenas 31 y 45.

PERSONAJES: Barrabás, cuatro jóvenes en actitud de entrenamiento y más tarde Dimas.

En el lugar de reuniones del grupo, aparecen las mesas retiradas. En un lugar el cuarto hay un blanco al que el grupo de personas disparan con un arco y flechas.

Uno de los presentes está con el arco y la flecha.

BARRABÁS.- ¡No, no! Debes mirar al lugar al que deseas llegar, así (Lo muestra) Y no te olvides de halar la flecha con fuerza.

En este punto entra Dimas y las miradas se dirigen a él. Dimas sonríe alza la mano a todos como un pequeño saludo, se quita una bolsa que llevaba en su espalda y entrega a Barrabás las espadas.

Barrabás abre el contenido y dice

BARRABÁS.- ¡Tres espadas!

DIMAS.- Sí tres.

Todo el grupo estalla en aclamación.

BARRABÁS.- (Levanta la mano) Shh. Hace este ruido imponiendo silencio y mostrando, que no deben ser muy bulliciosos. Y da unas palmadas a Dimas, mostrándole su aprobación.

ESCENA 71

LUGAR: Es un lugar desértico, una roca ha formado una gruta pequeña, que sirve de refugio a Juan Bautista.
TIEMPO: Hay claridad aún, pero obscurece.
PERSONAJES: JUAN EL BAUTISTA (Juan fue visto ya en la escena 17)
TRES DISCÍPULOS DE JUAN.
DOCE SOLDADOS ROMANOS.
ESCENOGRAFÍA: Hay una fogata que se ha encendido como para brindar calor.
En una piedra redondeada se ha sentado Juan Bautista y sentados en el suelo, apoyados en piedras que les sirven de espaldar están casi juntos, sus tres discípulos.
JUAN.- Nuestro Dios no se ha olvidado de su pueblo, ni se ha olvidado de las promesas que hizo a sus siervos Abraham, Isaac y Jacob. El Señor ha enviado al Salvador, es necesario que El crezca y que yo mengue.
Los discípulos muestran su cara de sorpresa y susto y se ponen de pies. Han visto a los soldados que con espadas y lanzas los rodean.
Juan Bautista se incorpora y mira a su alrededor.
JEFE DEL GRUPO DE SOLDADOS.- (Mirando a Juan Bautista) ¿Eres tú Juan el Bautista?
JUAN.- Sí yo soy.
JEFE DEL GRUPO DE SOLDADOS.- ¡Estás arrestado por orden del Gobernador Herodes!
JUAN.- ¿De qué se me acusa?
JEFE DE GRUPO.- De deshonrar la vida del Gobernador.
JUAN.- Sin duda no soy yo el que la ha deshonrado, sino él mismo. Si es a mí a quien buscan, les pido dejar libres a mis discípulos.
El jefe les hace una señal y ellos muy temerosos se retiran.
Los soldados apresan a Juan.

ESCENA 72

LUGAR: Recámara de la casa de Dimas. Es una cama pobre.

PERSONAJES: Dimas y Sara.

ESCENOGRAFÍA: Hay una pequeña lámpara de aceite que da una tenue luz a la escena. Dimas y Sara están juntos en la cama; sus hombros se miran desnudos, Dimas rodea con su mano el cuello de Sara y Sara recuesta su cabeza sobre el pecho de Dimas, en actitud muy cariñosa.

DIMAS.- Te amo mucho.

SARA.- Lo sé, pero tengo miedo.

DIMAS.- Miedo ¿por qué?

SARA.- Los Romanos están bien armados, es difícil combatir contra ellos. Y en este punto resulta imposible.

DIMAS.- ¿Por qué imposible?

SARA.- Ellos dominan el mundo y nuestro pueblo es muy pequeño.

DIMAS.- En nuestra historia siempre hemos vivido y peleado contra pueblos muy grandes y Dios nos ha protegido y hemos salido vencedores.

SARA.- Te amo tanto, que temo por tu vida.

Dimas la besa.

DIMAS.- También yo te amo, también me preocupo por mis hijos y no quisiera por nada dejarlos solos, pero también me daría pena pasar mi vida sin dejar a mis hijos la esperanza de ser libres. Sé que el Mesías está ya entre nosotros.

SARA.- Sí te lo dijo un anciano cuando tú eras niño.

DIMAS.- Y vi llegar de oriente a unos magos en busca de un rey y Juan el bautista también lo dijo.

(La cámara muestra los ojos de Dimas, que parece recordar)

Se mira la escena 17, una parte de la escena 17:

"Pero ya está entre vosotros un ser tan grande a quien no soy digno de desatarle la correa de sus sandalias."

SARA.- ¿Y tú crees que ese hombre es Barrabás?

DIMAS.- Tal vez... (Duda) tal vez no lo es, pero estaremos listos para apoyar a nuestro redentor.

SARA.- Cualquier cosa que te pase yo estaré orgullosa de ti.
Se besan.
DIMAS.- ¿Cómo cuidarás de mis hijos?
SARA.- Tu hijo trabaja tan bien que podría defenderse solo y
nuestro Dios no dejaría que nada le falte a nuestra niña.
Dimas le da otro beso.

ESCENA 73

LUGAR: Un sendero en un lugar árido de Israel.
PERSONAJES: Joel (Es un hombre como de 40 años), Dimas y
dos jóvenes ladrones.
Todos traen túnicas y turbantes para protegerse del sol.
Es quizá las 8 de la mañana.
Joel camina solo, lleva algún bulto en sus espaldas donde se
miran unos rollos. A un metro o dos de distancia detrás de
él, está Dimas con sus dos acompañantes. Estos finalmente le
dan alcance y se establece un pequeño diálogo.
JOEL.- (Levanta un poco su mano mientras dice) ¡Aloja!
TODOS.- (Responden con el mismo gesto).- ¡Aloja!
DIMAS.- ¿Para donde caminas?
JOEL.- ¿Han oído Uds. hablar de Salomé?
TODOS.- ¿Salomé?
DIMAS.- ¿Quién es Salomé?
JOEL.- Salomé es la hijastra del rey Herodes y yo voy a pintar
un cuadro de ella, porque soy pintor.
DIMAS.- ¿Ya has pintado en ese palacio algún otro cuadro?
JOEL.- No, pero el rey espera mi llegada, porque desea un
retrato de ella.

*(La cámara muestra los ojos vivaces de Dimas. Por su mirada
parece que ha ideado algún plan.)*

Se oyen sus pensamientos: "Esperan su llegada y no le conocen"

ESCENA 74

LUGAR: Entrada principal del palacio de Herodes.

ESCENOGRAFÍA: En la puerta hay dos soldados en guardia, tienen en sus manos lanzas. Visten armaduras propias del tiempo, con corazas y cascos.

PERSONAJES: Los dos soldados guardianes de la puerta. Y Dimas, el cual trae un bigote falso y un paquete con rollos a la espalda similar al de Joel de la escena anterior.

Dimas con paso decidido avanza hasta la puerta, los soldados cruzan sus lanzas para impedirle su ingreso formando una X Dimas se detiene y dice.

DIMAS.- Soy Joel el pintor que retratará a la preciosa Salomé.

Los soldados se miran mutuamente, quitan el cerco en forma de X y sin decir nada uno de ellos mueve su cabeza en señal de que puede seguir.

ESCENA 75

LUGAR: Graderíos en el palacio de Herodes.
PERSONAJES: Soldado Guía y Dimas.
Se mira un soldado que guía a Dimas, él camina delante de Dimas, los dos suben un lujoso graderío.

ESCENA 76

LUGAR: Puerta de entrada en el piso alto del palacio.
PERSONAJES; Soldado Guía, Dimas y soldado vigilante de la puerta.
Esta escena es continuación de la anterior deberá verse primero al soldado que hace guardia frente a una puerta, luego se verá llegar al soldado guía seguido de Dimas que está disfrazado de pintor con bigote postizo.
Frente a la puerta se detienen los dos y el soldado guía dice:
SOLDADO GUÍA.- (mostrando a Dimas) Es el pintor de la señorita Salomé.
El soldado vigilante permite pasar a Dimas, él entra solo y el soldado guía se retira.

ESCENA 77

LUGAR: Sala de recepción, es este un lugar con una preciosa butaca donde pueden sentarse dos personas o recostarse para descansar. Hay dos sillas elegantes, algunas macetas con plantas decorativas. La sala es espaciosa, los objetos allí son pocos, pero bien seleccionados. La sala tiene salida y ventanas hacia una decorada terraza. Y un elegante biombo cubre la puerta a la recámara.

PERSONAJE: DIMAS.

Se mira a Dimas cerrando la puerta y entrando, observa cada detalle de la sala, primero se fija en el biombo y luego va hacia la puerta de la terraza, antes de abrirla mira en su contorno y luego sale a la terraza.

ESCENA 78

LUGAR: Pequeña terraza del palacio de Herodes

PERSONAJE: Dimas con su bigote postizo.

Dimas sale de la sala y observa la terraza, comprueba los filos, mira hacia abajo para calcular la profundidad y tener una mejor forma de partir en el caso de presentarse algún peligro. Saca de su bolso una resistente cuerda y amarra una de sus puntas a una de las decoraciones de la terraza. Y vuelve a entrar a la sala.

ESCENA 79

LUGAR: Sala de recepción igual que en la escena 77

PERSONAJES: Dimas disfrazado de pintor. SALOME: Es una joven como de 18 años muy hermosa, viste de blanco un traje de gran escote. Y dos sirvientas de Salomé, que se miran igualmente jóvenes.

Al iniciar la escena se mira a Dimas que ha armado un lugar, para realizar su pintura y ha desenrollado un papiro.

Detrás del biombo sale una de las criadas y anuncia

CRIADA 1.- ¡La señorita Salomé!

Sale Salomé muy hermosa y detrás de ella su segunda criada.

DIMAS.- Luces preciosa, sin duda te haré el más estupendo retrato.

SALOME.- Si me demoré fue culpa de mi peinado.

DIMAS.- Yo solo sé que te dejaron como una diosa.

Salomé sonríe muy coqueta y también lo hacen sus criadas.

DIMAS.- Siéntate en esta butaca.

Salomé lo hace, Las criadas cuidan de los detalles del vestido.

DIMAS.- Mejor recuéstate.

Salomé lo hace. Las criadas cuidan de los detalles.

DIMAS.- ¿Tienes algunas mantas de seda que nos pudieran servir para darle una mejor decoración?

Las criadas ante esto, asienten con su cabeza y una de ellas va tras el biombo y trae de la recámara dos mantas preciosas en amarillo y en rojo. Dimas las pone extendidas sobre la butaca y le solicita a Salomé:

DIMAS.- ¡Recuéstate!

Salomé ayudada por sus criadas lo hace.

DIMAS.- ¡La flor más bonita no logra tener tus encantos!

La cámara muestra la belleza y el orgullo en el rostro de Salomé.

DIMAS.- Sin embargo yo tiendo hacia lo más perfecto y no hay nada más perfecto que tu propio cuerpo y tu imagen pasará a ser eterna si te retrato desnuda, ¿quieres llegar a la inmortalidad?

SALOMÉ.- ¿Desnuda? (mueve sus ojos como dudando) Está bien.

Se levanta y acompañada de sus criadas entra en la recámara. Dimas al verse solo mira a todos lados recoge las mantas de seda, las pone en un bolso y sale por la puerta de la terraza y cierra la puerta sin hacer ruido.

El cuarto está en silencio, la cámara muestra el biombo y detrás de él, salen las criadas y Salomé que viste una fina y transparente vestidura a manera de salida de cama.

Miran la sala, se observan mutuamente con preocupación, Salomé muestra la salida a la terraza y una de sus empleadas va allá y regresa de inmediato.

CRIADA 1.- ¡No está!

CRIADA 2.- ¡Miren no están las mantas!

SALOMÉ.- (ordena a la sirvienta 2) Llama al guardia... espera, debo vestirme. Pero tú avisa al guardia. Salomé entra a su recámara con la sirvienta 1.

ESCENA 80

LUGAR: el mismo de la escena anterior, pero el diálogo inicia junto a la puerta.

PERSONAJES: Criada 2 y soldado vigilante, es el mismo de la escena 75.

CRIADA 2.- ¿Ha salido por aquí el pintor?

SOLDADO VIGILANTE.- ¿El pintor? No, él está adentro.

CRIADA 2.- ¡Ayúdenos Señor que nos han robado!

El soldado demuestra gran asombro. Con gran ligereza con su espada golpea unas láminas de bronce por tres veces, estas producen el sonido como el de una campana y entra en la habitación con prisa, dejando la puerta abierta. Mira hacia todos los lados y se dirige a la puerta del balcón y sale por ella.

ESCENA 81

LUGAR: El mismo de las escenas 79 y 80

PERSONAJES: Criada 2 y cinco soldados armados. (Uno de ellos hará de Jefe del grupo)

Por la puerta que el soldado vigilante dejó abierta entran bien armados y ligeramente cautelosos cinco soldados.

JEFE DE GRUPO.- ¿Está bien la Señorita Salomé?

CRIADA 2.- Sí ella está bien, Por allí por favor. (muestra la puerta de la pequeña terraza.)

Ellos salen por esa puerta.

ESCENA 82

LUGAR: Terraza pequeña (La misma de la escena 78)

PERSONAJES: Soldado Vigilante, y cinco soldados más.

(La cámara empieza presentando en esta escena un acercamiento de las manos del soldado vigilante, que ha descubierto la cuerda colgada desde la azotea. A este punto los cinco soldados llegan.)

SOLDADO VIGILANTE.- Escapó bajándose por esta cuerda. Yo voy a descender por la cuerda, ayúdenme ustedes desde otros lugares.

El jefe del grupo mira algo, lo toma entre sus manos, lo muestra a los soldados y dice:

JEFE DE GRUPO.- Mira esto...es... Sí, son lanas con las que se hizo un bigote.

SOLDADO VIGILANTE.- Si alguien entró disfrazado, nos será más difícil saber a quien debemos buscar.

El soldado vigilante empieza a descender por la cuerda.

El jefe de grupo se dirige a sus soldados y les ordena:

JEFE DE GRUPO.- Buscamos a un judío, detengan a cualquier persona sospechosa en el palacio o fuera de él.

Los soldados entran de la azotea por la puerta que comunica con la sala y va con ellos el jefe de grupo.

ESCENA 83

LUGAR: *La cámara presenta una toma lateral, en donde el soldado vigilante trata de descender por la cuerda dejada por Dimas.*

PERSONAJE: Soldado vigilante.

Apoyando sus dos pies a la pared y bien sujeto de la cuerda empieza a bajar dando los dos primeros saltos.

La cámara muestra un avance de la cuerda y muestra que unos metros más abajo la cuerda está encendida, poniendo en peligro la vida del soldado.

El soldado mira el humo y descubre el peligro. Desesperadamente trata ahora de subir.

La llama avanza. La música crea mayor expectativa.

Finalmente el soldado vigilante se pone a salvo en el momento final llegando hasta la pequeña azotea.

ESCENA 84

LUGAR: Corredor interior del palacio de Herodes.

PERSONAJES: Dos soldados romanos.

ESCENOGRAFÍA: En el corredor se ve que hay acceso a diferentes cuartos, pero en cada entrada hay cortinajes, que podrían servir de escondite.

Los soldados armados de lanzas caminan por el pasillo y revisan cada cortinaje.

(*La música debe producir expectativa. También los sonidos de los pasos parecen más fuertes*)

ESCENA 85

LUGAR: caballeriza del palacio

PERSONAJES: Dimas y un soldado a caballo.

Al iniciar la escena un soldado conduce su caballo como llegando desde algún pueblo, trae algo de prisa. Al llegar a la puerta de la caballeriza. Se oye un silbido potente que asusta al caballo que se para de golpe, El jinete ha volado por el aire quedándose tendido y golpeado.

Dimas toma al caballo se monta en él y sale velozmente por la misma puerta.

(*La cámara enfoca al soldado caído que pretende incorporarse, mientras el caballo al salir levanta a penas el polvo. Jinete y caballo se alejan velozmente. El soldado caído ha tardado en una reacción, cojea un poco y grita*)

SOLDADO A CABALLO: ¡Ayuda!

ESCENA 86

LUGAR: Una calle retirada de Jerusalén.

PERSONAJES: Un grupo de soldados a caballo que persiguen a un judío, el cual también va a caballo. Sí es el mismo que montaba Dimas.

((En lugar de una escena podrían ser dos o más. En esta escena o escenas, deberán hacerse notar como un grupo de soldados, primero distantes y luego cada vez más cerca hasta que, capturan a un judío que conduce el caballo de la escena anterior. A medida en que los soldados se aproximan la música debe producir más emoción. En la escena o escenas se mostrará al judío por detrás, nunca por delante. Podrá sí mostrarse su caballo, pero no su jinete.)

ESCENA 87

LUGAR: El mismo de las escenas 77, 79, 80 y 81.
PERSONAJES: cinco soldados, Que tienen arrestado a Joel el pintor, Salomé y sus dos criadas.
DECORACIÓN: La sala ha permanecido sin ser topada, el pedestal dejado por Dimas aún permanece en la sala.
Sentada en la butaca aparece Salomé. A sus lados y de pies están las dos criadas y frente a ellas custodiado por los soldados aparece el detenido.
Pintor de Salomé.
JEFE DEL GRUPO.- Hemos encontrado en la ciudad a este hombre que conducía un caballo robado de nuestra caballeriza, dice ser el pintor de la Señorita Salomé.

(A este punto la cámara muestra apenas el rostro del judío detenido)

SALOMÉ.- Este no es el hombre que me robó. (Lo mira detenidamente) ¿Quién eres?
JOEL.- Mi nombre es Joel y vine hasta aquí porque me pidieron que pintara a la Señorita Salomé.
JEFE DEL GRUPO.- ¿Cómo sabremos que no eres otro ladrón?
JOEL.- Tres Judíos me robaron mis pertenencias.
TODOS.- ¿Tres?
Joel ha mirado el pedestal y mostrando a todos, dice:
JOEL.- Estos son mis instrumentos de pintura.

Todos miran el papiro listo para iniciar un trabajo dejado por Dimas.

Se mira una gran decepción en el rostro de los soldados romanos.

JOEL.- Hace un momento me han liberado y me dieron un caballo para venir hasta el palacio.

JEFE DE GRUPO.- Lograste oír el nombre de alguno de ellos?

JOEL.- No, Señor.

La respuesta ha creado desaliento entre todos.

ESCENA 88

LUGAR; Algún sitio en un camino de Galilea.

PERSONAJES: Un campesino guiando una carreta con heno. Dos soldados de Herodes, que vigilan el camino. Dimas y otro ladrón (Este ladrón ya fue visto en la escena 73) Están ocultos entre el heno.

ESCENOGRAFÍA: Dos soldados romanos custodian un camino apenas trazado.

Dos soldados armados con lanzas custodian un camino y detienen al campesino para preguntarle.

La cámara muestra las cabezas de los dos ladrones, que presintiendo el peligro se ocultan entre el heno.

El campesino al ver a los soldados tira la rienda del caballo y le da un grito para detenerse.

CAMPESINO: _ ¡So!

El caballo se detiene.

La cámara muestra primero los rostros austeros de los soldados que sin hablar ni una palabra aún miran la carreta por varios ángulos. (Hay una música que invita al suspenso.)

Los vigilantes se fijan en un paquete y uno de los soldados dice:

SOLDADO 1.- ¿Qué llevas en ese paquete?

El campesino deja suavemente las riendas, gira, toma en sus manos el paquete y dice:

CAMPESINO.- Semillas y un poco de agua para el camino.

Los soldados han mirado el paquete y por eso le dan una señal de continuar. Pero siguen observando la carreta.

ESCENA 89

LUGAR otro lugar en el camino Cerca de una casa de campo.

PERSONAJES: Campesino, Dimas y un un ladrón, (el mismo de la escena anterior)

ESCENOGRAFÍA: La carreta guiada por un campesino y tirada por un caballo llega a su destino, que es una casa de campo junto al camino.

El campesino hace un sonido para detener a su caballo.

CAMPESINO.- ¡So!

Luego gira su cabeza y topando el heno donde están sus amigos dice.

CAMPESINO.- ¡Llegamos!

De entre el Heno salen sus dos amigos, entre ellos está Dimas, que sale con un paquete entre sus manos. Se sacuden sus ropas, se felicitan y dejando la carreta y el caballo, continúan su camino caminando.

ESCENA 90

LUGAR: Casa de Silas en horas de luz del día.

PERSONAJES: Sara, Esteban y Marta.

ESCENOGRAFÍA: Los tres aparecen frente a una rústica mesa de trabajo. Marta también, pero ella solo imita y hace los recipientes con formas descompuestas, Esteban da forma a un jarró con arcilla suave y preparada, junto a él su madre pone color pintando líneas en vasijas y platones que están secos.

ESTEBAN.- Mamá ¿Dónde está papá?

SARA.- Ya te lo dije, tu papá está en busca de nuestro salvador. Abraham, que es nuestro padre, recibió la promesa de tener una tierra, de ella salimos y fuimos esclavos en Egipto, pero Dios nos trajo de nuevo a ella por medio de Moisés, hoy estamos invadidos por un pueblo poderoso y Dios nos libertará.

ESTEBAN.- ¿Papá ayudará a ese salvador?

SARA.- Desde luego que sí.

Marta está ajena a esta conversación y contando sus descompuestas y pequeñas figuras que ha hecho dice:

MARTA.- Uno... dos... tres... cuatro.

ESTEBAN Y SARA ¡Muy bien!

Esteban le da un poco de cerámica y le dice ahora haz la cinco.

MARTA ¿Cinco?

SARA.- Sí te toca la cinco.

ESTEBAN.- ¿Dónde encontrará papá al salvador?

SARA.- No lo sé, pero sin duda lo encontrará.

ESCENA 91

LUGAR: Salón principal del palacio de Herodes

PERSONAJES: se notan gran cantidad de personas lujosamente vestidas, se destacará Herodes (De unos 40 años), Herodías(aproximadamente unos 38 años) y Salomé. Un malabarista. Y un director de ceremonias (24 años) Músicos, Dos flautistas, Seis bailarinas acompañantes. Seis bailarines hombres, estos llevan su pecho descubierto y pantalones bombachos.

ESCENOGRAFÍA: Herodes aparece sentado en una gran butaca en la que a veces se recuesta ligeramente. Junto a él aparece su esposa Herodías, hay varias personas que comen y conversan alegremente, hay variadas fuentes. Las mesas están formando una C y todos desde sus mesas pueden observar el espectáculo que se ofrece a los comensales.

(Las cámaras mostrarán unas veces a las personas comiendo y otras veces, mostrarán el espectáculo que miran.)

HERODÍAS.- ¿Te sirves unas uvas? (Le frece a Herodes un racimo de uvas muy grandes)

Herodes arranca unas dos y las prueba.

HERODES.- ¡Hermosa fiesta! (Toma una copa de vino)

HERODÍAS.- ¡Tú te mereces todo por tu cumpleaños! (Le da un beso en la mejilla)

Herodes mira a un malabarista que lanza al aire maderos pintados y los recoge sin problemas.

Alguien entre los comensales grita.

VOZ 1.- ¡Los dioses den muchos años al Gobernador!!

Se oye un gran griterío de aclamación.

Hay algunos sirvientes que atienden las mesas y su presencia pasa inadvertida.

Herodías muy melosa le dice a Herodes:

HERODÍAS.- Y ahora ¡la gran sorpresa!

Herodes abre sus ojos y eleva sus cejas con extrañeza.

Herodías toca una pequeña campana y el malabarista interrumpe su función y se retira.

DIRECTOR DE CEREMONIAS.- (Viste muy elegante de Túnica y larga capa) Y ahora para nuestro rey: ¡La sorpresa de la noche! Salen a escena dos sensacionales flautistas y un hombre que domina su tambor, ellos tocan una música árabe. Salen luego seis jóvenes bailarinas. Las bailarinas llevan trajes ligeros y brillantes con lentejuelas y turbantes en su cabeza que llegan hasta su espalda. Llevan su cara cubierta de tul, pero el traje de Salomé es más atrevido, pues es de dos piezas y de diferente color al resto de las otras bailarinas. Salomé hará su ingreso llevada en lo alto por las manos de los jóvenes bailarines. Ella llegará con la mirada en alto. Los primeros bailarines se detienen en el centro y muy suavemente dejan las piernas de Salome en el piso. Cuando ella ha quedado lista, otra música empieza a sonar y empiezan los otros movimientos propios de la danza. Todos los movimientos de las bailarinas coinciden al tiempo. Los hombres han hecho pareja perfecta con las bailarinas, pero jamás estarán cerca de Salomé. Salomé domina el movimiento de cadera. Ella coincide solamente con algunos movimientos del grupo y se mueve con igualdad a sus compañeras solo en ciertos movimientos, pero el grupo de bailarinas hacen a veces como un marco en donde Salomé se destaca contorneando su cintura y moviendo a gran velocidad su cadera como si la música la hiciera vibrar. Los ojos de Herodes parecen saltar de sus órbitas, su mujer Herodías mira a su hija y sonríe al ver la complacencia de Herodes.

Salomé sigue contorneándose como una serpiente, Pisa en la punta de uno de sus pies, que le sirve de eje al girar, Su otro pie se levanta, se dobla y vuelve a bajar con ritmo sensacional.

Todos los bailarines muy sensualmente parecen acercarse a Salomé, que juguetea coqueta entre ellos.

Herodes no se pierde ningún detalle.

Salomé se acerca a Herodes y se contornea más delante de él, Hace unos giros en el suelo y finaliza descubriéndose el velo que cubre su cara, dejando ver una mirada coqueta y sensual. Herodes se ha puesto de pies para aplaudirla e imponiendo silencio se dirige a Salomé para decirle:

HERODES.- ¡Bravo. Bravo! (aplaude con gran alegría) Pídeme lo que desees que yo te lo daré, aunque fuera la mitad de mi reino. ¡Te aseguro que jamás nadie ha bailado como tú! (Toma asiento) Salomé lo mira está por decir algo, pero su madre interrumpe:

HERODÍAS.- (Se dirige a su hija) Hija, (le hace una pequeña señal para que se acerque)

Salomé va en busca de consejo con su madre. Herodes en su asiento sigue esperando una petición.

El Público no ha dejado de aplaudir y de extasiarse de los encantos de Salomé.

(*La cámara toma la escena desde otro ángulo, se mira en ella a los presentes comentando y disfrutando el momento, Herodías y Salomé dialogan. Finalmente la cámara hace un acercamiento y se escucha la última parte del diálogo.*)

HERODÍAS.- Es lo mejor que le podemos pedir para la tranquilidad de la familia, todo lo demás ya lo tenemos.

(*La cámara muestra una cierta duda en el rostro de Salomé, ella gira y se dirige a Herodes*)

SALOMÉ.- Respetado rey Herodes, ya que cumplirás cualquier cosa que te pida, quiero solicitarte solamente una bandeja.

HERODES.- ¿Una bandeja solamente?

SALOMÉ.- Sí una bandeja, pero en ella quiero que me entregues la cabeza de Juan el Bautista.

El pedido ha causado impresión en Herodes y en todos los presentes. Herodes se ha puesto violentamente de pies, con actitud de querer protestar, se topa con la mano su frente y su barbilla.

(*La música se ha silenciado. Hay expectativa.*)

UNA VOZ.- El lo ofreció.
OTRA VOZ.- Dio su palabra.

(La cámara ha mostrado solamente la impresión que ha causado en Herodes el pedido)

Herodes duda de inicio luego levanta su mano y dice con voz firme:
HERODES.- Que se cumpla este pedido.
Se oye un ruido, en el fondo del salón en el sitio por donde entraron los bailarines. Son tres soldados que marchan se cuadran y sin acercarse hacen una reverencia al rey y giran para salir y cumplir con su pedido.
También los bailarines se retiran, saliendo por el mismo lugar; Pero Salomé se ha quedado mimosa junto al rey. Los músicos siguen tocando. La cámara muestra escenas de personas comiendo, bebiendo o en risotadas y alegría.
De pronto, la música calla El silencio es sepulcral.

(La cámara muestra los ojos atónitos de los presentes, quienes bebían dejan de beber. Quienes comían dejan de comer. Herodes tiene la mirada fija. Salomé mira con horror. Herodías sonríe.)
(La música es fuerte y se silencia, fuerte y se silencia, quizá con trompetas y tambores a cada paso que da un soldado, luego de cada paso y sonido la cámara muestra la impresión de algún grupo de comensales, de Herodes o Salomé. En una de esas tomas, la cámara muestra no solo los zapatos de los soldados, sino que al alejarse brevemente nos muestra al soldado, que acompañado de otros dos soldados como sus escoltas, trae la bandeja con la cabeza de Juan el Bautista y la coloca sobre una pequeña mesa a pocos metros del rey)

Herodes levanta las manos y dice:
HERODES.- Salomé yo te hice una promesa y vuestro rey siempre cumple sus promesas.

La cámara enfoca el rostro muy alegre de Herodías que empieza a aplaudir hasta contagiar su alegría a todos. (la escena finaliza con un gran acercamiento a la cara feliz de Herodías, mientras se sigue escuchando los aplausos y comentarios.)

ESCENA 92

LUGAR: alguna casa en Israel.
Año aproximado 32 DC.
Personajes: Gestas y un vecino.
Hora aproximadamente 11 en la mañana.
El vecino es un hombre de media edad. Trae unas dos cubetas de agua.

La cámara muestra a Gestas caminando por una calle la calle es solo de tierra. Pero Gestas se ha detenido, su mirada está fija en algo y la cámara hace un gran acercamiento a su cara y a sus ojos. Una cámara desde el lado contrario nos muestra lo que Gestas está mirando, es una puerta que tiene unas cuerdas que le sirven de seguridad. Pero los nudos son varios y están hacia afuera. Nuevamente la primera cámara enfoca los ojos de Gestas y una expresión de alegría, de haber descubierto algo. La segunda cámara muestra con detalle la casa, que no se mira nada pobre. La primera vuelve a mostrarnos a Gestas, que esta vez mueve el cuello y sus ojos como buscando estar seguro antes de acercarse. Finalmente da unos pasos hacia la puerta, mira con mayor atención las cuerdas, pero sus ojos se han movido de un lado a otro como para detectar cualquier problema.

Topa con sus manos suavemente la puerta. Sonríe al ver las cuerdas con ataduras hacia afuera. En ese instante alguien pregunta.
VECINO.- ¿Buscaba a alguien?
GESTAS.- ¡Oh! Sí, pero creo que mi amigo no está.
VECINO.-Así es, según sé volverá mañana.
GESTAS.- Pues si es así, volveré mañana.
Gestas levanta levemente su mano como saludo y se va. El vecino levanta unas cubetas de agua, que traía probablemente desde algún pozo y avanza hasta la casa que se mira junto a la primera.

ESCENA 93

NOTA: Se podría realizar esta escena dividida en dos: una enfocando la parte delantera y otra en la estrada posterior o lateral.

LUGAR: La misma casa de la escena anterior.

HORA: Alguna hora en la noche.

PERSONAJE: Gestas

La cámara muestra los ojos de Gestas brillando en la obscuridad, se mueve con cautela y muy silencioso, corta las cuerdas de la entrada con un cuchillo, entra en el patio de la casa, intenta empujar la puerta principal y la encuentra atrancada, busca la entrada posterior y la puerta se abre y Gestas ingresa llevando una funda grande de tela resistente.

Se mira la casa iluminarse con una pequeña luz.

ESCENA 94

LUGAR: El mismo de las escenas anteriores. La cámara podrá mostrar una parte de la calle.

HORA: Aproximadamente 8 de la mañana.

PERSONAJES: Dueño de casa, Vecino, tres hombres más y cuatro mujeres.

DUEÑO DE CASA.- Te digo que alguien cortó las cuerdas, entraron y me robaron.

VECINO.- ¡Oh! (Pone su mano en la boca y pierde su mirada en lo alto y hace un golpeteo de sus dedos como recordando algo) Ayer vi a un hombre acercarse a tu casa, hablé con él y dijo ser tu amigo. El es sin duda el ladrón.

(El tono de voz es alto y la gente ha notado que algo sucede y empieza a acercarse para saber de qué se habla.)

VOZ DE MUJER.- ¿Ladrón?

OTRA VOZ DE MUJER.- Sí dijo ladrón.

DUEÑO DE CASA.- (Preguntando a su vecino) ¿Reconocerías a ese hombre?

VECINO.- ¡Oh sí, claro que sí!

DUEÑO DE CASA.- ¿Vive en este lugar?

VECINO.- No lo he visto.

UNO DE LOS JUDIOS PRESENTES.- Deberíamos ir a casa de Saúl el tiene siempre huéspedes en casa.

VOCES (DE HOMBRES Y DE MUJERES).- Vamos, vamos.

Todo el grupo toma una misma dirección.

ESCENA 95

LUGAR: interior de la casa de Saúl, que es espaciosa.

HORA: aproximada 9 de la mañana.

PERSONAJES: Los mismos de la escena anterior y algunos más.

Alguno de los hombres que acompañan al grupo ha tomado palos en sus manos como si quisieran tomarse justicia por su propia mano. Se nota expresiones de ira entre los presentes.

SAÚL.- Sí creo que el hombre que buscan estuvo aquí, lo he visto varias veces y si vuelve a venir les avisaré, pero hoy, salió muy de mañana, puso los bultos en su asno y se marchó.

Se oye un murmullo de descontento.

DUEÑO DE CASA.- Si regresa algún día avísanos y le echaremos mano.

Saúl asiente moviendo su cabeza de arriba a bajo.

ESCENA 96

LUGAR: Pequeño bosque "huerto de los Olivos" junto a Jerusalén.

HORA: Aproximadamente tres de la tarde.

PERSONAJES: Dimas y Esteban.

Dimas y Esteban aparecen con sus rostros sudorosos Dimas corre adelante y su hijo atrás, los dos parecen muy cansados, Dimas da vuelta en un árbol y su hijo corre detrás. Encuentra un lugar más plano y hace piruetas y su hijo las trata sin tanto éxito. Luego cae rendido boca abajo y su padre se lanza a un lado de él y pone sus manos sobre su espalda y cuello. Esteban recoge su mano y la usa de apoyo para alzar su cabeza y sostener su barbilla y dice.

ESTEBAN.- Papá hicimos un buen ejercicio.

DIMAS.- Y nos falta mucho más. Me dicen que hay un lugar llamado Esparta, donde niños y jóvenes se preparan con el ejercicio para ser todos soldados y poder defender a su ciudad.
ESTEBAN.- ¿Dónde queda Esparta?
DIMAS.- No sé, pero me gustaría conocerla.
Dimas se levanta, da la mano a su hijo y le dice,
DIMAS.- Ahora, nos toca practicar con la daga.
Saca, la prepara y luego dice:
DIMAS.- Nunca lances la daga contra las piedras o paredes, pero puedes hacerlo contra la madera, la tierra, un animal o un soldado enemigo. ES mejor que tengas siempre el cuchillo contigo, porque si lo lanzas y fallas, podrías quedar desprotegido. Solo lo debes lanzar en especiales circunstancias.
(Mira a los lados y escoge un blanco perfecto.)
DIMAS.- Mira ese árbol será nuestro blanco. Cuando lances un cuchillo imprime fuerza, velocidad, pero sobretodo confianza. Puedes lanzarlo desde el mango o desde la punta, todo será la forma en que te acomodes, pero algo importante es la distancia del objetivo, todo eso lo aprenderás poco a poco.
(Se prepara, pone una pierna adelante y otra atrás y lanza, luego padre e hijo van a recoger la daga clavada en el tronco. Al irse su hijo hace unas piruetas perfectas de "media luna".)
DIMAS.- Bien hijo, es tu turno.
ESTEBAN.-Tengo miedo de no llegarle al árbol. (se prepara)
DIMAS ¿tienes miedo? Espera, que lo más importante en este caso es la confianza. Acércate dos pasos más.
Esteban lo hace, se prepara y lanza el cuchillo. Mira a su padre muy feliz y dice:
ESTEBAN.- ¡Lo hice, Lo hice!
DIMAS.- Espera, que el día en que lo hagas mejor que mí o igual, esta daga será tuya.
ESTEBAN.- (avanzan a retirar la daga del árbol).- Pero papá tú quieres mucho esta daga.
DIMAS.- Sí, pero ¡mucho más quiero a mi hijo!
Esteban sonríe.
ESTEBAN ¿Has encontrado ya al salvador que tanto buscas?
DIMAS.- No. Juan el Bautista dijo que él no era digno de desatarle la correa de sus sandalias y yo... No, No he encontrado alguien así.

ESTEBAN.- El abuelo me ha dicho que hay un nuevo predicador en Israel, que cura enfermos y alimenta a la gente.

DIMAS.- Si lo encuentro le preguntaré dónde encontrar a nuestro salvador.

ESCENA 97

LUGAR: Parte trasera de una casa de Israel (Año 32 DC.) En el lugar hay una escalinata sin descansos y hay una pequeña azotea, en ella está Jesús. El lugar es espacioso hay unos troncos en los cuales la personas se han sentado. Hay leña cortada amarrada y acomodada, sobre ella están sentados unos jóvenes, las mujeres se han sentado en el suelo.

HORA: Dos de la tarde (aproximadamente)

PERSONAJES: Se destaca Jesús, están sus Apóstoles y entre la gente sobresalen dos doctores de la ley.

DOCTOR DE LA LEY 1.- ¿Maestro qué debo hacer para salvarme?

Jesús le mira a los ojos y le dice con seguridad:

JESÚS - Cumple los mandamientos.

DOCTOR DE LA LEY 2 ¿Cuál es el principal de los mandamientos?

JESÚS.- El principal mandamiento dice: "Amarás al Señor tu Dios con todo tu corazón con toda tu alma y con toda tu mente" Pero hay otro mandamiento tan importante como éste: "Amarás a tu prójimo como a ti mismo" en estos se resume toda la ley.

DOCTOR DE LA LEY 1.- Y nos puedes explicar ¿Quién es nuestro prójimo?

(La cámara en esta escena mostrará a las personas humildes atentas al mensaje. Mientras el mensaje se escucha, la cámara se detendrá en mostrar los ojos brillantes de emoción de una mujer pobre y los de un anciano.)

JESÚS.- Lo haré con este ejemplo: Bajaba un hombre por el camino de Jerusalén a Jericó y cayó en manos de unos bandidos, que lo despojaron hasta de sus ropas, lo golpearon y se marcharon dejándolo medio muerto.

Por casualidad bajaba por ese camino un sacerdote: lo vio, tomó el otro lado y siguió. Lo mismo hizo un levita que llegó a ese lugar: lo vio, tomó el otro lado y pasó de largo.

Un samaritano también pasó por aquel camino y lo vio, pero éste se compadeció de él. Se acercó, curó sus heridas con aceite y vino y se las vendó; después lo montó sobre el animal que traía, lo condujo a una posada y se encargó de cuidarlo. Al día siguiente sacó dos monedas y se las dio al posadero diciéndole: "Cuídalo y si gastas más, te lo pagaré a mi vuelta."

¿Cuál de estos tres fue el prójimo del hombre que cayó en manos de los salteadores?

DOCTOR DE LA LEY 1.- El que se mostró compasivo con él.

JESÚS.- Bien, Vete y haz tú lo mismo.

Los ojos del sacerdote demuestran admiración y respeto.

ESCENA 98

LUGAR: Es la puerta de entrada de una casa pobre en Jerusalén. (La casa presente un corto patio delantero, este patio permitiría a cualquier persona entrar en la casa aún por la puerta trasera)

HORA: Como las 5 de la tarde.

PERSONAJES: Barrabás y Gestas. Hay otras personas que acompañan a Barrabás y que serán observadas a distancia.

Se mira frente a una puerta a Barrabás, lleva en sus manos un paquete, antes de golpear la puerta, mira hacia su derecha y alguien que lo acompañaba y que ha quedado a distancia se esconde. Luego mira a su izquierda con movimiento muy suave y alguna otra persona se esconde a cierta distancia. Luego golpea la puerta de un modo raro con tres golpes pausados y otros hechos a gran velocidad. Repite una segunda vez su modo de golpear y la puerta se abre suavemente. Aparece Gestas.

GESTAS.- ¿Quién eres?

BARRABÁS.- Un amigo.

Gestas abre más la puerta y dice:

GESTAS.- ¿Vienes solo?

BARRABÁS.- Sí.

Gestas con un movimiento de la mano lo invita a pasar, pero con cierta desconfianza, antes de cerrar la puerta da un vistazo a los dos lados de la calle (Al no mirar a nadie) entra también y cierra la puerta.

ESCENA 99

LUGAR: Interior de la casa de Gestas, es un cuarto grande convertido en una bodega de desordenadas mercaderías.

HORA: Al ser continuación de la anterior la hora será aproximadamente las 5 PM.

PERSONAJES: Gestas y Barrabás.

Gestas muestra a Barrabás un tronco de un árbol que le sirve de asiento y él permanece de pies mientras conversa.

GESTAS.- ¿Traes algo para mí?

BARRABÁS.- Sí.

Barrabás empieza a abrir su funda. Gestas muestra mucho interés.

BARRABÁS.- ¡Mira estas hermosas y finas sedas!

Gestas, abre los ojos. Le gustan, pero trata de controlar sus emociones.

GESTAS.- Y ¿a quién puedo vender estas hermosas telas?

BARRABÁS (Con cierta picardía).- Trata de no venderlas a Herodes.

Gestas intuye de donde proceden las sedas.

GESTAS.- Ja ja ja (Se ríe) De seguro no lo haré. ¿Cuánto quieres por ellas? (revisa las sedas)

BARRABÁS.- Quiero seis espadas por ellas.

GESTAS.- Seis son muchas y yo no las tengo. ¿aceptarías cuatro?

BARRABÁS.- Pues que sean cinco.

GESTAS.- Tengo cuatro espadas Y un escudo.

BARRABÁS.- Pues así será.

Gestas empieza por pasar su mano por las finas telas y sonríe.

ESCENA 100

LUGAR: Casa de Silas.

PERSONAJES: Silas, Ruth, Dimas, Sara, Esteban y Marta.

ESCENOGRAFÍA: La cámara muestra unas ollas de barro en el fogón, las ollas se ven humeantes; Ruth está encargada de la cocina, esta, está al aire libre, junto a una de las paredes que ya tienen las huellas del hollín. Ligeramente más allá Sara pinta unos platos dibujando unos círculos junto al borde con una pintura ocre. A sus pies está la pequeña Marta, que dibuja muñecas en su pizarra. Algo más allá Dimas Mezcla la cerámica pisando la tierra mojada con sus pies desnudos. Esteban toma porciones de cerámica y las pesa en una rudimentaria balanza o bien toma porciones iguales utilizando una medida. Silas está dándoles forma con el torno, luego las pone a secar.

SILAS: (Está hablando con Dimas) No debes dejar este trabajo, a mí no me gusta nada de lo que haces en las otras actividades.

DIMAS.- Alguien tiene que dedicarse a librar a nuestro pueblo.

SILAS.- ¿Y por qué debes ser tú?

DIMAS.- Alguien tiene que hacerlo... Creo que Dios me ha dado condiciones físicas.

SILAS.- Yo temo por tu vida.

DIMAS.- Todos tenemos que morir y sería muy feo no hacer nada por su propio pueblo.

Sara ha oído la conversación, suspende el trabajo y mira a Dimas. Esteban mira la preocupación en los ojos de su madre. Dimas mira a Sara. Se acerca a ella, la abraza con especial dulzura. Esteban los mira con disimulo.

ESCENA 101
* * * * * * * * * * * * * * * * * * * *

LUGAR: Patio de una casa elegante de Jerusalén.

PERSONAJES: Nicodemo y Esteban.(Se verá la mano de Jesús, un leproso y un ciego.)

ESCENOGRAFÍA: Es un patio interno, con una mesa pequeña en el centro, la mesa tiene unas bancas de ladrillo. Los dos podrán pasearse por el pequeño jardín y hacer un alto mayor en el centro.

VESTUARIO: Nicodemo viste de túnica larga y elegante y Esteban una túnica sencilla.

HORA: son aproximadamente las cuatro de la tarde.

NICODEMO.- ¿Dime, qué te ha traído a visitarme?

ESTEBAN.- Quiero salvar a mi padre y por eso hago muchas preguntas. Hoy fuimos con mis padres a la sinagoga por ser el día de descanso, allí hice muchas preguntas, tal vez demasiadas.

El rabí no pudo contestarme algunas y luego en privado me dijo, "debes visitar a Nicodemo, él es un fariseo que busca la verdad".

NICODEMO.- ¡Hablemos claro! Tú quieres salvar a tu padre ¿de qué?

ESTEBAN.- Cuando mi padre era niño conoció varios personajes muy importantes que le dijeron que nuestro salvador ya había nacido y él está en esa búsqueda, pero temo que no ha encontrado todavía lo que busca y tal vez se ha metido en malos pasos.

NICODEMO.- Mira Esteban me vas a encontrar parecido a tu padre, porque también yo ando en esa búsqueda. Un tío mío, a quien aprecio, fue pastor en Belén y nos contaba que una noche se les aparecieron unos ángeles del cielo, que les anunciaron el nacimiento del Salvador.

ESTEBAN.- ¿En Belén?

NICODEMO.- Sí en Belén. Busqué las escrituras y es esa la ciudad en la que debe nacer. Mis amigos fariseos en nuestras reuniones hablaban mucho sobre un nuevo profeta, que considera que los fariseos somos sepulcros blanqueados, que hace milagros, que no respeta el sábado, pero que habla con mucha autoridad, de modo que para saber si era nuestro mesías, una noche fui a verlo.

ESTEBAN.- ¿Hablas de Juan el Bautista?

NICODEMO.- No, hablo de Jesús de Nazaret. Le dije yo, Señor sé que los milagros que haces nos demuestran que vienes de Dios.

ESTEBAN ¿Tú lo viste hacer algún milagro?

NICODEMO.- Sí lo vi curar a un leproso.

La cámara se acerca a los ojos de Nicodemo el cual mira a un leproso, cuya cara produce repugnancia, pero Jesús se acerca a él pone su mano sobre su cabeza, la mano de Jesús sigue bajando por su rostro y a medida que lo hace su cara se ve sin llagas y limpia y delicada.

NICODEMO.- y dar la vista a un ciego.

La cámara enfoca a los ojos de Nicodemo mientras recuerda. A un Hombre delgado, como de treinta años y ciego, que pide limosna, el cual grita:

HOMBRE CIEGO.- ¡Señor, si quieres puedes curarme! (y más fuerte) ¡Señor, si quieres puedes curarme!

JESÚS.- sí lo quiero. Recobra la vista (pone sus manos sobre sus ojos y cuando las retira la cara del ciego se ilumina y se alegra.

NICODEMO.- Si lo ves hacer algo así.. sabes que tiene algo de divino.

ESTEBAN.- ¿Divino? ¿Dijiste que tiene algo de divino?

NICODEMO.- Perdona si te asusto. Cuando fui a verlo me dijo: Dios amó tanto al mundo que nos dio a su único Hijo para que todo el que crea en Él, no se pierda, sino que tenga vida eterna.

ESTEBAN.- ¿Vida eterna?

NICODEMO.- Jesús ofrece la vida eterna, pero no aquí, El habla siempre del "Reino de los cielos."

ESTEBAN.- ¿Él es nuestro salvador?

NICODEMO.- Sí, pero Él no pretende liberarnos del poder de los romanos. Él nos libera de nuestras culpas, nos pide nacer de nuevo y crecer espiritualmente. ¡Él es el Hijo de Dios!

La mirada se le ilumina y mira hacia el cielo.

Una música especial acompañará esta parte de la escena.

ESCENA 102

LUGAR: Casa en la afueras de Jerusalén. Esta es una casa que tiene un lugar en uno de sus costados con un lodazal en él están unos cuantos cerdos. La casa tiene un cerramiento que marca los límites de la propiedad.

La cámara mostrará primeramente desde lo alto la propiedad y luego mostrará una carreta. Esta traerá a siete personas; cuatro hombres que son: Barrabás, Dimas, Víctor y Jonás, éste último será quien conduzca la carreta. Les acompañan tres mujeres, las cuales son jóvenes y atractivas.

PERSONAJES: Los siete ya mencionados.

HORA: Son horas de la mañana.

(Se ve la casa en su conjunto y desde una cámara en lo alto se ve llegar una carreta dirigida por Jonás. Todos los demás vienen atrás con mucha alegría. La carreta se detiene frente a la casa.)

BARRABÁS.- ¿Es este el lugar?

JONÁS.- Sí, éste es.

DIMAS.- (Mostrando) ¿Es ese el lodazal? (Muestra una gran sonrisa.)

Todos se bajan de la carreta, Dimas recoge una cuerda ancha y larga que han traído y entran en la propiedad.

ESCENA 103

LUGAR: exteriores de la casa de la escena anterior

PERSONAJES: Hay dos personas con vestimenta turca, en su cintura puede verse unas espadas de aspecto redondeado como de medias lunas. Están también los mismos personajes de la escena anterior y unos cuantos curiosos. (De quince a veinte personas de aspecto sencillo. No hay niños.)

En el interior del patio de la casa se oye un gran griterío. En el centro se ve a Barrabás, el cual hace de animador de la competencia, Jonás y Víctor compiten por fuerza, cada uno de ellos tira para diferente lado de la cuerda. El griterío es de los asistentes que apoyan a uno o a otro de los competidores. El evento se ve muy reñido.

BARRABÁS.- ¡Un momento, un momento! Estos competidores están muy flojos y de seguro que... A ver, Serían capaces de vencer a estos dos fuertes caballeros. (Muestra a los dos extranjeros de origen turco) A los dos se los mira muy fuertes, ¿serían capaces de retar a estos flojos?

Los dos se miran sorprendidos, completamente extrañados de ser tomados en cuenta. Algo balbucean y Barrabás les anima diciendo:

BARRABÁS.- Pues acérquense y vamos a establecer las condiciones del trato y el premio que tendrían como ganadores.

(La cámara muestra al grupo desde un lugar más distante y se ve a los extranjeros dialogando con Barrabás y los otros competidores. Mientras que el pequeño grupo de personas

está expectante. No se han escuchado ciertos detalles de esta conversación y solo hay música de fondo.)

Finalmente se escucha la conversación.

BARRABÁS.- De modo que hay acuerdo. (Les lleva ligeramente aparte del grupo para que no todos se enteren) Si ustedes pierden, pagarán una moneda cada uno, pero si ganan, les esperan esas lindas muchachas.

Todos miran hacia la puerta de la casa desde donde unas coquetas muchachas saludan. Los extranjeros saludan con la mano. Las muchachas están cuidadas por Dimas, que luego del saludo permanece en actitud de impedir que las alegres mujeres salgan del lugar. Pero desde ese lugar les permite ver la competencia.

Barrabás asume nuevamente su papel. Ha doblado la cuerda en el medio y entrega la mitad para los extranjeros y la otra mitad para Jonás y Víctor. Y anuncia.

BARRABÁS.- esta primera es solo de calentamiento.

Los competidores han quedado en posición y luego de la señal inician. Barrabás interrumpe.

BARRABÁS.- Basta ya de preparativos. (Y ordena) Ustedes muévanse de este lado y ustedes de este otro, Ya que hay aquí una línea que marca la mitad.

(Con esto ha logrado que los competidores que iniciaron de norte a sur cambien como de este a oeste, pero también ha logrado que los extranjeros tenga a su espalda el lodazal donde antes estaban los cerdos.)

BARRABÁS.- LISTOS... ¡Ya!

(Hay expectativa y música fuerte. Barrabás anima con sus gritos, pero a poco de iniciado, Víctor y Jonás sueltan la cuerda al mismo tiempo y los dos competidores restantes van a parar al lodazal. Hay risa y alegría en el público.)

BARRABÁS.- Todo ha sido legal y los declaro vencedores. No se preocupen por sus trajes que alguien se los va a lavar.

La gente sigue alegre. Los extranjeros miran a la puerta, allí no están las muchachas solo Dimas sigue controlando la puerta.

BARRABÁS.- (Se dirige a los extranjeros) Vayan y reciban su premio.

Mientras los dos extranjeros se acercan a la puerta, se escucha nuevamente a Barrabás que dice:

BARRABÁS.- ¡Ocupen sus puestos!

Los extranjeros han llegado a la puerta y Dimas les dice.

DIMAS.- No se permite espadas adentro, de modo que dejen aquí sus armas antes de entrar. Ellos voluntariamente se aflojan sus cinturones y entregan sus especiales armas. Y entran.

ESCENA 104

LUGAR: Interior de la casa a las afueras de Jerusalén. La casa tiene junto a la puerta unas tinajas con agua, como era costumbre en esa época para la purificación. Hay un pequeño jardín interior y en su contorno diferentes puertas.

PERSONAJES: Los Turcos de la escena anterior y un hombre y una mujer (Ester) propietarios de la casa (Edad aproximada 50 años).

HORA: Hay luz natural. Son horas de la mañana.

ESTER.- Siéntense aquí mientras les hacemos limpieza.

Ester y su esposo provisto de paños húmedos mojan y limpian la cara, manos y ropa de los extranjeros. Ellos permanecen tranquilos, pero hay en su mirada una cierta inquietud como de buscar a las muchachas. Ester y su esposo revisan a los extranjeros por delante y por atrás a fin de que estén limpios.

EXTRAJERO 1.- ¿Dónde están las muchachas?

ESTER.- Fueron hacia atrás.

Los extranjeros van junto al jardín interior y se dirigen al fondo hacia la puerta indicada y la abren.

ESCENA 105

LUGAR: pequeño corredor de una casa.

ILUMINACIÓN: Son horas de la mañana, pero la iluminación no es buena.

PERSONAJES: Los dos Turcos de las escenas anteriores.

La Cámara mostrará a los dos extranjeros sea de frente o de espaldas caminando por el pequeño corredor. Al terminar el corredor uno de ellos abre la puerta y hay un impacto por la diferencia de luz.

ESCENA 106

LUGAR: Patio trasero de una casa a las afueras de Jerusalén.
En el lugar se mira un cerramiento pequeño en el que aparecen
unos cuantos cerdos, que fueron vistos en la escena 101.
PERSONAJES: Los dos Turcos de las escenas anteriores.

*(La cámara nos muestra primero a los dos Turcos que se han
quedado impresionados al mirar algo, ellos acaban a abrir una
puerta y se han quedado allí sin salir. En una toma con ángulo
contrario, la cámara nos muestra lo que los Turcos han visto:
un corral con una piara de cerdos.)*

EXTRANJERO 1.- ¿Qué?
Con los ojos desorbitados, los extranjeros se miran y vuelven
a mirar a la piara de cerdos y no acaban de comprender.

*La toma de la cámara nos muestra qué es lo que han visto los
hombres de origen turco.*

EXTRANJERO 2.- ¿Dónde están las mujeres?

ESCENA 107

LUGAR: Un camino de tierra en algún lugar cercano a
Jerusalén (Año aproximado 32 DC.)
PERSONAJES: Los mismo siete de la escena 101 Igualmente
estarán guiados por Jonás, aunque el orden sea diferente.
HORA: Hay luz de sol.
VÍCTOR.- Yo gocé mucho con la competencia y con la caída en
el lodo.
Hay risas y alegría en todos.
DIMAS.- Lo mejor son estas hermosas espadas. ¡Vaya, cuántas
cosas nos tocaron hacer para conseguirlas!

*La cámara nos muestra las espadas protegidas por las manos
de Dimas.*

Hay risas y alegrías de todos.
BARRABÁS.- ¡Qué cara pondrían los extranjeros al encontrarse solo con cerdos!
TODOS.- Ja, Ja.
VÍCTOR.- Ellos quedaron tan sucios como los cerdos.
TODOS.- Ja ja.
JONÁS,-Nunca he gozado tanto por robar unas espadas.
TODOS.- ja ja.

ESCENA 108

LUGAR: En un campo de Israel con una ligera inclinación.
PERSONAJES: Jesús es el personaje central de esta escena. Estará rodeado de la multitud entre los que se destacan Esteban y Sara. Entre la multitud también se verán sacerdotes, apóstoles, mujeres y niños.

Una cámara enfocará la toma panorámica el campo. A lo lejos ha ubicado un pastor con un pequeño rebaño. Luego muestra una multitud, que ya se ha puesto en diferentes lugares, unos se han sentado, otros permanecen de pies. Esta vez Jesús no está en la parte alta, sino, en la parte baja. Pero se ha subido sobre una gran roca, desde donde se dirige a la gente. Mientras la cámara va pormenorizando a los diferentes grupos, muestra a Sara y Esteban, y unos sacerdotes que estarán de pies.

JESÚS.- Cuando el Hijo del Hombre venga en su gloria rodeado de todos sus ángeles, me sentaré en el trono de gloria, que es mío. Todas las naciones serán llevadas a mi presencia, y separaré a unos de otros, al igual que el pastor separa las ovejas de las cabras. Colocaré a las ovejas a la derecha y a las cabras a la izquierda. Entonces como rey diré a los que estén a mi derecha "Vengan, benditos de mi Padre, y tomen posesión del reino que ha sido preparado para usted desde el principio del mundo.

(La cámara muestra a los grupos de personas más pobres.)

JESÚS.- Porque tuve hambre y ustedes me dieron de comer; tuve sed y ustedes me dieron de beber. Fui forastero y ustedes me recibieron en su casa.

(Mientras Jesús habla la cámara va mostrando grupos pobres o el impacto que estas palabras hacen en los presentes, especialmente en Sara y Esteban.)

JESÚS.- Estuve sin ropas y me vistieron. Estuve enfermo y fueron a visitarme. Estuve en la cárcel y me fueron a ver.

(Ahora mostrará cierto desprecio que se proyecta en la cara de los sacerdotes.)

Entonces los justos me dirán: "Señor, ¿Cuándo te vimos hambriento y te dimos de comer, o sediento y te dimos de beber? ¿Cuándo te vimos forastero y te recibimos, o sin ropa y te vestimos? ¿Cuándo te vimos enfermo o en la cárcel y fuimos a verte? Como rey responderé: "En verdad les digo que, cuando lo hicieron con alguno de los más pequeños de estos mis hermanos, me lo hicieron a mí"
SARA.- ¿Se llama a sí mismo rey?
ESTEBAN.- Eso será al fin del mundo, el vendrá como rey y nos juzgará.
JESÚS.- Diré después a los que estén a mi izquierda: ¡Malditos, aléjense de mí y vayan al fuego eterno, que ha sido preparado para el diablo y para sus ángeles! Porque tuve hambre y ustedes no me dieron de comer; tuve sed y no me dieron de beber; era forastero y no me recibieron en su casa; estaba sin ropa y no me vistieron; estuve enfermo y encarcelado y no me visitaron." Estos me preguntarán también: "Señor, ¿Cuándo te vimos hambriento o sediento, desnudo o forastero, enfermo o encarcelado y no te ayudamos?" Yo como rey les responderé: "En verdad les digo: siempre que no lo hicieron con alguno de estos más pequeños, ustedes dejaron de hacerlo conmigo. Estos irán al suplicio eterno y los buenos a la vida eterna.

ESCENA 109

LUGAR: Una de las calles de Jerusalén.

CÁMARAS: (Las tomas serán hechas mientras los personajes caminan.)

PERSONAJES: Esteban y Sara.
ESTEBAN: A mi padre le dijeron que el Salvador iba ha ser rey, quizá no solo de Israel, sino de todo el mundo.
SARA.- Los únicos reyes del mundo podrían ser los Romanos.
ESTEBAN.- Madre. (Se detiene como para dar más fuerza a sus palabras) Mi padre está buscando al salvador, porque sabe que ya nació, que es uno de los nuestros. Y para mí Jesús es el salvador. Lo hemos oído hoy, él se ha declarado rey de todas las naciones, pero no en esta tierra, sino en el cielo. ¡Mi padre debe conocerlo!

ESCENA 110

LUGAR: Interior de una casa grande en Jerusalén. (Junto a la entrada principal)
ESCENOGRAFÍA: Muy cerca a la entrada hay dos grandes tinajas de agua y unas bancas de piedra. Una a cada lado de las tinajas.
PERSONAJES: Dueño de casa y su esposa, Simón, (El es un joven de raza negra, que es el esclavo del dueño de casa. El es un hombre de unos 35 años y se lo ve muy fuerte.)
Una mujer también negra Esposa de Simón.
Gran cantidad de gente, hombres y mujeres, que llegarán a la casa. Entre los invitados estarán Dimas y Sara.

(La cámara estará ubicada de tal modo que se miran a las personas que van llegando a la casa).

En la puerta de entrada a un metro en la parte de afuera se mira al dueño, que recibe amistosamente a los invitados. Cuando las personas lo miran se colocan en filas: Los hombres a la izquierda del dueño de casa y las mujeres a la derecha.

DUEÑO DE CASA: ¡Bienvenidos! Bienvenidos!
Así saluda y recibe a todos los invitados, hace una pequeña
reverencia o movimiento de cabeza y da una ligera palmada en la
espalda solo a los esposos. Su mujer hace igual con las mujeres.

*(La cámara gira un poco y muestra el interior en donde
aparece Simón, lavando los pies a los invitados. Mientras en
el otro lado nos muestra a la mujer negra, que también lava
los pies a las mujeres. Esta limpieza es solo ceremonial y muy
sencilla, Es apenas un pequeño chorro de agua sobre los pies,
que luego son secados con toallas.)*

Se ve llegar a Dimas y Sara. Su vestimenta es más elegante
que la ordinaria. Sara y las otras mujeres tienen velos más
largos y decorados.

*La cámara sigue a Dimas, que luego del saludo del dueño, se
sienta en la banca de piedra. Allí habla con Simón*:

DIMAS.- Ya te he visto otras veces. ¿Cómo te llamas?
SIMÓN.- Soy Simón, soy de un pueblo africano llamado Cirene.
DIMAS.- Eres muy fuerte y siempre te he visto con un hacha.
SIMÓN.- Mi amo tiene un negocio con los soldados romanos
y nosotros les fabricamos las cruces, que ellos utilizan para
castigar a criminales y ladrones.
Dimas abre los ojos, con cierta extrañeza y deja su lugar al
siguiente invitado.

ESCENA 111

LUGAR: La escena se realiza frente a la casa, en una pequeña
plazoleta o espacio plano.
PERSONAJES: Dos novios, unas sesenta personas invitadas,
que están divididos en dos grupos. Están también los padres
de los novios y dos músicos. Un rabino. No se miran niños.
MATERIALES: Para esta escena se necesitan unas pequeñas
varitas, de igual dimensión. (De 80 centímetros a un metro)
Las varas de las mujeres estarán decoradas con telas de

colores, que cuelgan como flecos. Las varitas de los hombres no tienen decoración.

Los hombres están en una formación de parejas separados a un metro, pero en su grupo solo hay hombres. Las mujeres están en igual formación de solo mujeres. Vistas las dos filas podrían verse como una V que terminan cerca de la entrada de la propiedad.

Al inicio todos tienen la mirada hacia la puerta, Pero de pronto suena la música y las parejas de la formación, cambian y giran para mirarse mutuamente, los dos extienden las varas hacia su compañero o compañera. Las varas estarán ligeramente levantadas, como para formar un techo. Forman a manera de dos túneles, que se mueven ligeramente al ritmo de la música.

Por el túnel que han formado los hombres avanza un músico con un tambor cadencioso. En cambio por el túnel ceremonial formado por las mujeres avanza un músico con una lira.

Detrás de ellos, en el túnel de los hombres viene el novio, en cambio por el túnel de las mujeres viene la novia. A media que van pasando debajo del arco formado por cada pareja, ellos van produciendo un grito de alegría.

Al término del túnel formado por los hombres, están los padres del novio. Y al término del túnel de las mujeres están los padres de la novia.

El novio en medio de sus padres se une con la novia, que de la misma manera llega hasta la puerta. Allí les espera el rabino.

A este punto, los túneles se han dejado de lado y los participantes han formado un solo círculo. Integrado mitad por hombres y mitad por mujeres.

RABINO: Jehová bendiga a los novios.

TODOS.- (a coro) Amén.

RABINO.- ¿Qué pedimos para los novios?

TODOS.- ¡Bendiciones!

El Rabino se dirige a los padres del novio.

RABINO: ¿Pueden ustedes certificar que cumplieron con su hijo los ritos obligatorios de circuncisión?

PADRES DEL NOVIO.- Lo hicimos.

El rabino ordena extender sus manos a los novios.

RABINO.- Presenten sus manos.

El rabino utiliza un velo largo con el cual amarra suavemente sus manos.

ESCENA 112

LUGAR: Es el mismo lugar de la escena anterior.
HORA: Son como las seis de la tarde y hay ya un poco de obscuridad. Por esto hay algunas antorchas que ayudan a proyectar más luz.
PERSONAJES: Los mismos de la escena anterior.
Diez hombres separados a distancias de un metro. Se hallan frente a la casa. Ellos empiezan a bailar a ritmo del tambor, su pie derecho, se mueve con más fuerza y se levanta más que el izquierdo. Cuando están a mitad del espacio disponible El bailarín de la izquierda sirve de eje y todos los demás giran, hasta ponerse en línea recta. Para finalmente todos cambiar de dirección.
En este momento diez mujeres bailarinas inician. Al igual a los hombres sus pasos con la derecha se elevan y marcan mejor. Las mujeres tienen la variante de aplaudir cada cuarto paso. En el mismo lugar donde giraron los hombres, giran las mujeres, pero su giro es hacia la derecha. Cuando están en línea recta, giran para quedar frente a los hombres.
Cuando han quedado frente a frente, todos juntos dan tres aplausos juntos y un silencio otros tres aplausos y silencio. Con cada aplauso dan un paso hacia al centro. Así hasta quedar a un metro. A este punto los hombres se entrelazan con sus manos a la altura de la cintura. Y primero los hombres dan tres pasos hacia las mujeres y tres pasos atrás, pero acompañan sus pasos con un sonido igual. Luego hacen lo mismo las mujeres. Cuando las mujeres han terminado, hombres y mujeres giran con dirección a la puerta principal y van dando tres aplausos y silencio, tres aplausos y silencio, con cada paso hacia la puerta en la que esperan los novios, que en este instante también han empezado a aplaudir del mismo modo. (Debe notarse que se ha visto en toda la ceremonia y bailes una separación entre hombres y mujeres. De modo que la novia estará en el lado que corresponde a las mujeres y el novio, en el lado de los hombres. Pero al término de este baile ceremonial. Todos los asistentes

elevan las manos y dan un grito. Y cada hombre busca a su esposa y se pierde la separación de sexos.)
Los hombres y las mujeres han extendido su mano derecha hasta apoyarla en la cintura de la pareja correspondiente y giran en una vuelta para regresar a sus lugares.

(*Liras, tambores y flautas darán música a este baile. El Director quedará en libertad de cambiar o añadir detalles a este baile o modificarlo totalmente.*)

ESCENA 113

LUGAR: Es una zona campestre en Israel, cerca de una ciudad.
PERSONAJES: Jesús, Judas, María, Susana, grupo de mujeres, Gestas, otras mujeres y un gran número de personas que siguen a Jesús.

En esta escena las personas y el mismo Jesús estarán de fondo, y nunca en primer plano. Cuando hay diálogos se dará importancia a los diálogos y solo cuando terminan se oirá claramente la predicación de Jesús.

Se mira a distancia que Jesús predica sobre un tronco. Un grupo de personas relativamente cercanas a Él lo escuchan.
JESÚS.- (Se lo oye desde lejos). Ustedes son la sal de la tierra, pero si la sal se vuelve insípida con qué se le devolverá el sabor? Para nada sirve ya, sino para ser pisoteada por la gente.

(*La cámara dará importancia a un apóstol que está apartado del grupo éste es Judas. La cámara lo enfoca y al mostrar su vestimenta, se detiene en la bolsa con monedas, que él tiene en su cintura. Mientras La cámara muestra estos detalles, se escuchan las palabras de Jesús a la distancia.*)

JESÚS.- Ustedes son la luz del mundo, nadie enciende una lámpara para taparla luego con un cajón, sino que se la pone en un candelero para que alumbre a todos.
Un grupo de mujeres se acerca a Judas y le dicen:
MARÍA.- Judas.

(La cámara muestra una mirada hermosa y muy dulce en los ojos de María la madre de Jesús. El propio Judas parece sentirse acogido con su sola presencia)

JUDAS.- ¿Si?

SUSANA.- Necesitamos dinero para ir por víveres a la ciudad.

Judas retira su funda con monedas, abre la funda y luego entrega dos monedas a Susana.

JESÚS.- Brille su luz ante los hombres para que vean vuestras buenas obras y glorifiquen al Padre de Ustedes, que está en el cielo.

Las mujeres se han retirado ya y Gestas que se encuentra cerca fija su mirada en la bolsa de monedas que tiene Judas. Gestas, que estaba sentado, se pone de pies. Al hacerlo, se observa que tiene un pequeño bulto de tela. Primero da una atenta, pero disimulada mirada en su contorno. Luego se acerca a Judas, permanece de pies junto a él. Pretende dar la impresión de estar escuchando con atención a Jesús.

GESTAS.- Este profeta tiene muchos seguidores.

JUDAS.- Sí así es.

Mientras hablaba Gestas utiliza el paquete de tela como escudo y retira velozmente la pequeña funda de monedas de la cintura de Judas.

Pero Judas lo siente y va sobre Gestas. Lo hace tropezar y Gestas deja caer la funda de monedas; algunas de ellas salen de la funda.

JUDAS.- ¡Nunca lo intentes conmigo!

Cuando ve las monedas en el piso, duda si seguir a Gestas, pero escoge asegurar las monedas. Las que cayeron en la tierra las limpia antes de guardarlas. Gestas sigue corriendo. A lo lejos se oyen las palabras de Jesús:

JESÚS.- Buscad más bien las cosas de arriba, porque allí donde guardes tu tesoro, allí estará también tu corazón.

ESCENA 114

LUGAR: Casa de Silas.

PERSONAJES: Dimas, Sara, Esteban y Marta.

ESCENOGRAFÍA: En una parte de la casa, se ha amarrado lonas fuertes de tejido entreabierto, que hacen la función de cedazos o coladeras o de las actuales redes o mallas, su función es cernir, para impedir que se mesclen piedras entre la cerámica. Las puntas están amarradas. Dos están fijas, atadas a algún troco y las otras pueden moverse en las manos de Dimas aunque todo el largo de la red tiene una madera que les da más firmeza. Sobre ellas se coloca tierra con una pala, luego se mueve la tierra para lograr, que solo pase la tierra más fina.

Sara está dedicada a dar color a platones ya secos antes de ser puestos en el horno.

Marta juega y corretea y más tarde pedirá a su hermano jugar a las escondidas.

Hora: mañana de sol.

(La cámara muestra el lugar, en donde a más de lo indicado puede verse, leña que se ha puesto a secar. Los palos que se han clavado para sostener la tela malla. Esteban remueve algo la tierra con una pala y poco a poco va poniendo sobre la tela de malla. Cuando esto hace, Dimas mueve rítmicamente la tela logrando, que ésta se cole por los espacios dejados por el tejido. Ahora la cámara muestra las manos de Sara, que hace círculos concéntricos y en otros estrellas con su centro, que coincide con el punto medio del platón. Las estrellas por su facilidad de construcción son de ocho puntas. Para su diseño puede tener algún molde que le sirve para hacer dibujos iguales.)

ESTEBAN.- Padre, te has preguntado ¿Qué hay más allá de la muerte?

Dimas sigue trabajando, frunce el ceño y responde finalmente.

DIMAS.- Es una difícil respuesta.

ESTEBAN.- El Profeta de Nazaret habla sobre un reino en los cielos y El dice que allí será rey de todas las naciones. Él nos juzgará a todos los hombres después de la muerte. ¿Será ese el salvador que tú has estado buscando? (Esteban no ha dejado tampoco de trabajar)

DIMAS: Por mi experiencia de niño, yo creo que ese rey debe haber nacido en algún lugar de Judea, en cambio el profeta del que me hablas es de Galilea. Sin embargo, quisiera conocerle... ¿Dijo que era rey?

Debajo de la tela red se mira tierra cernida que se acumula, en cambio los desechos son tirados en otro lugar, que igualmente van ganando altura y contienen piedrecillas o pequeñas astillas de madera.

DIMAS.- Estoy esperando un enviado, un ser maravilloso que rompa nuestras cadenas para siempre y haga de nuestro pueblo una nación poderosa. Hoy es muy difícil encontrar personas que quieran unirse a nuestro grupo, porque temen que los soldados romanos les maten.

SARA.- Dijo el profeta, que no debemos tener miedo de los que matan nuestro cuerpo, sino más bien poner las esperanzas en Dios, que puede mandar nuestro cuerpo y alma o al cielo o al infierno.

ESTEBAN.- ¿Me aceptarán a mí en tu grupo?

SARA.- Si aceptan mujeres yo estoy dispuesta.

DIMAS.- Son muy valientes. (Los mira a los dos con mucha admiración) Pero, tenemos una niña pequeña y esa es una gran responsabilidad. Yo mismo dudo muchas veces si he tomado una sabia decisión.

Marta ha llegado a abrazar a su padre y le dice:

MARTA.- Papá le permites a Esteban que juegue conmigo.

Dimas suspende un momento su tarea, toma en sus brazos a su hija y le dice con gran cariño:

DIMAS.- Pero mi querida hija. (Da una vuelta con ella en brazos) ¿No has visto que Esteban está trabajando?

MARTA.- Solo un momentito.

Dimas mueve sus ojos y su cabeza y dice:

DIMAS.- Está bien. Está bien, ve al cuarto y escóndete.

La baja al piso y ella muy de prisa va al cuarto a esconderse.

Dimas que suspendió su trabajo. Toma la pala que tenía Esteban y lo manda al cuarto a buscar a su hermana. (Dimas está ahora removiendo la tierra que será cernida.) Esteban avanza al cuarto y se anuncia.

ESTEBAN.- Lista que voy a entrar.

No demora mucho y sale con su hermanita en brazos.

ESTEBAN.- (a su hermana) Ahora camina hasta donde está papá, hasta eso, yo me escondo y tú me buscas.

Marta sonríe y camina hasta donde está su padre, mientras tanto Esteban entra en el cuarto. Cuando Marta llega donde Dimas éste se inclina, dobla sus piernas y en cuclillas le da un beso mientras le dice.

DIMAS.- ¡Ahora busca a tu hermano!

Marta va al cuarto y se demora algo. Sara está pendiente del juego de sus hijos.

MARTA.- Papá mi hermano se ha perdido, no está en el cuarto.

SARA.- Hija búscalo bien.

MARTA.- No está mamá.

Sara mira a Dimas y le hace un movimiento de cabeza, como invitándolo a participar de ese juego.

DIMAS.- A ver mi niña yo te ayudaré a buscarlo.

Llega hasta ella, toma una mano y camina con ella al cuarto.

ESCENA 115

LUGAR: Interior de un cuarto donde se ve pobreza, hay unas dos camas, hay ropa colgada en algunas partes de la pared. Hay una cesta grande que también contiene ropa. El tumbado es de madera.

PERSONAJES: Dimas, Marta y más tarde Esteban.

Dimas y Marta an entrado en el cuarto y dan un vistazo.

DIMAS.- Lo primero que vemos es detrás de la puerta... N No está aquí, bien, veamos debajo la cama. Se inclinan para ver, no. ¿Bajo de la otra cama? Tampoco. ¿Detrás de la canasta? No. Pues sí, que se escondió muy bien. (Dimas mira hacia todos los lados... Se fija en el tumbado y dice:

¿Estás allí? ¡Vaya, qué buen escondite!

Esteban Retira una de las tablas para poder salir.

DIMAS.- Vaya te subiste muy rápido, ¿por dónde lo hiciste?

ESTEBAN.- La cama me sirvió de escalera.

Marta se abraza a los pies de su hermano en cuanto baja.

ESCENA 116

LUGAR: Exterior de una casa en algún lugar de Israel.

HORA: Probablemente la una de la mañana.

ILUMINACIÓN: Es escasa, solo la luz de la luna.

PERSONAJE: Gestas.
La noche está clara, hay obscuridad. La cámara muestra a Gestas de perfil, a él se lo mira observando silencioso, arrimado a una pared. Se acerca a la puerta, que es pobre, son solo palos amarrados que a igual distancia han sido amarrados a otros palos que se cruzan en perpendicular. Si se alza la puerta permite con más facilidad ser movida.
Gestas observa a todos los lados antes y después de cada movimiento. Corta las cuerdas que aseguran la puerta y entra sin hacer ruido en el patio y se acerca a un arbusto. Amarrado a ese arbusto se ha colocado un palo inclinado, para facilitar a las gallinas el subir al árbol durante la noche.

La música parece ser la única compañera de la escena y ayuda a producir suspenso.

Gestas toma del árbol una gallina, que no hace ruido y estira su cuello (La gallina produce un aleteo) antes de ponerla dentro de un saco. Pero un gallo que ha detectado el peligro produce un sonido de alarma. Esto hace dudar a Gestas que buscaba robar otra más, pero las gallinas hacen más ruido y Gestas, se ve precisado a salir con apuro.
Una luz se enciende en la casa mientras Gestas llega con apuro a la puerta. Se oyen gritos en la casa.

ESCENA 117

LUGAR: Calle Mercado de Jerusalén (En el lugar, hay un mercado popular con ventas en la calle.)
PERSONAJES: Hay vendedores de granos, de telas, de olivas, de higos. Vendedoras de vino y refrescos. Hay varios compradores.
Hay una carreta llena de fruta y nueces.
Dimas y Barrabás, Víctor y otros dos ladrones. Dos soldados a caballo vigilan una carreta con alimentos. El cochero parece ser extranjero.

La cámara muestra algunos detalles del lugar.

114 W I L S O N C A R R I L L O

Una carreta se abre paso entre la gente y para ello dos soldados a caballo avanzan al paso advirtiendo del peligro y custodiando la carreta. De pronto dos vendedoras de bebidas refrescantes interrumpen a los de a caballo y les ofrecen vino o refrescos. Estos se detienen.

VENDEDORA DE REFRESCOS 1.- Un poco de vino para estos fuertes soldados.

VENDEDORA DE REFRESCOS 2.-¿ Agua fresca o jugo de frutas?

SOLDADO DE A CABALLO 1.- Para mí un poco de vino.

SOLDADO DE A CABALLO 2.- Para mí un poco de vino también.

COCHERO.- Un jugo de fruta para mí.

Mientras ellos están bebiendo Dimas y Barrabás lanzan unas redes sobre los soldados y los botan de sus cabalgaduras. Al mismo tiempo Víctor y otro de los ladrones, han inmovilizado al cochero. Los amordazan y los amarran. Las supuestas vendedoras de refrescos los ayudan.

Vendedores y compradores se han quedado estáticos, sin tomar partido.

Dimas y otro de los ladrones toman los caballos y suben en ellos a las mujeres para sacarlas de todo peligro. Barrabás, Víctor y el otro ladrón han subido sobre la carreta a regalar a los presentes cuanto puedan llevarse.

Compradores y vendedores del mercado se llevan lo que pueden.

BARRABÁS.- Esto le pertenece al pueblo.

VÍCTOR.- Cómanse o escóndanlo.

Los soldados y el cochero permanecen amarrados. Dimas regresa solo, pero trae al otro caballo. A su llegada, Víctor sube detrás de Dimas. Le ofrece un poco del botín, que Dimas sostiene con una mano, mientras con la otra asegura las riendas del caballo. A este punto, el otro ladrón dice:

OTRO LADRÓN.- Barrabás ¡A los caballos!

Barrabás suspende lo que hacía, sube al caballo y velozmente salen del lugar.

En el lugar hay silencio, nerviosismo, alguno más osado todavía se lleva algo de la carreta.

ESCENA 118

LUGAR: el mismo de la escena anterior.

PERSONAJES: Vendedor de telas. Y muchos de los otros vendedores o compradores. Soldados Romanos y el cochero.

Empieza esta escena mostrando desde atrás del vendedor de telas, la fuga de los ladrones a caballo.

La cámara muestra los detalles del vendedor de telas, que parece ser extranjero, el cual no ha participado en este robo. Este hombre en forma muy decidida, va hacia la carreta que ha quedado vacía y sobre ella anuncia:

VENDEDOR DE TELAS: Escuchen todos, no somos responsables de estos actos, esos ladrones solo pueden poner a Roma en contra del pueblo. Los Romanos podrían mandar a sus tropas a matarnos y nuestra situación sería peor que la actual. Así que primero desatemos a los soldados.

Dos personas del pueblo, sacan sus navajas y liberan a los tres amarrados.

VENDEDOR DE TELAS.- (Como un líder popular pregunta al pueblo:) ¿Estamos decididos a colaborar con los soldados en la captura de estos pillos?

TODOS.- (En coro) Sí.

VENDEDOR DE TELAS.- Yo escuché algo importante, uno de ellos se llama Barrabás. ¡Que muera Barrabás!

TODOS.- (En coro) ¡Muera Barrabás, muera Barrabás, muera Barrabás!

Los soldados se incorporan y se sienten agradecidos con la gente. Se nota en ciertas personas duda; ya que todavía tienen en sus canastas las frutas finas que también ellas tomaron de las carretas.

ESCENA 119

LUGAR: Una casa Judía anteriormente vista en la escena 20

PERSONAJES: Dimas y Muchacha Judía (La misma de la escena 20)

Artículos de la escena Dimas trae el paquete que recibió en la escena anterior.

Al iniciar esta escena se mira a Dimas golpeando la puerta de la casa.

(La toma ha mostrado toda la casa y luego se acerca a la puerta y finalmente a la mano de Dimas)

La muchacha judía que ya fue vista en la escena 20 abre la puerta.
Dimas sonríe y dice:
DIMAS.- ¡Aloja! Y levanta la mano.
La muchacha lo reconoce y sonríe.
DIMAS.- Traje esto para tus leprosos.
La muchacha hace un gesto de admiración.
MUCHACHA JUDÍA.- ¡Qué buenas frutas conseguiste!!
Lo mira agradecida y parece pagarle con una sonrisa.

ESCENA 120

LUGAR: Patio de formaciones del palacio de Pilatos.
PERSONAJES: Un soldado centurión, Un grupo como de treinta soldados Algún jefe de formación.
ESCENOGRAFÍA: Treinta soldados bien uniformados, portando lanzas. Marchan al compás, El Jefe de formación ocupa el centro, de modo que cuando él ordene detenerse y girar a la derecha, el quedará al centro y al frente de su grupo. Frente a estos soldados así formados y detenidos habrán tres soldados, El del centro es de mayor jerarquía, es el centurión y los otros le hacen guardia de honor. (Estos tres estarán en un lugar más alto.)

(La cámara empieza la escena mostrando la igualdad de los soldados que marchan al mismo compás.)

De pronto se oye un grito:
JEFE DE FORMACIÓN.- ¡Al...to!
Todos los soldados se han detenido.
JEFE DE FORMACIÓN.- Derecha... ¡Ya!
Todos giran a la derecha.

(La cámara cambia de dirección y muestra al Centurión que preside el grupo.)

Hay silencio. El centurión da un paso al centro y dice a los soldados:

CENTURIÓN: En los días anteriores, en esta ciudad o en pueblos cercanos, nuestros soldados han sufrido robo de sus espadas, incluso un cargamento de víveres del Gobernador Poncio Pilatos ha sido atacado. Puede esto significar, que se está planeando en la ciudad, el loco intento de liberarla del dominio de Roma, en este grupo, se han visto involucradas mujeres.

Por los datos que tenemos, uno de sus cabecillas se llama Barrabás. Otro de sus integrantes tiene un burro. Este dato no nos ayuda mucho, ya que aquí hay muchos, que tienen asnos en sus casas. Cualquier nueva información les será proporcionada. Manténganse atentos que quiero a esos hombres presos, cuanto antes. ¿Podrá un grupo pequeño de Judíos vencer a los Romanos que somos los dueños del mundo?

TODOS.- (En coro) ¡No!

CENTURIÓN.- ¡Pues como buenos soldados debemos capturarlos!

ESCENA 121

LUGAR: Una esquina en las calles de Jerusalén.

PERSONAJES: Hombre de aproximadamente 50 años (Bernebé), mujer 40, Un joven 12 años. Militar romano (30 años) Un burro, y hay otras personas que caminan por la calle.

El hombre, la mujer y el joven vienen con un burro. El burro trae una carga. El grupo familiar es detenido en la esquina.

SOLDADO.- (levanta la mano y dice fuertemente) ¡Alto!

La familia se detiene. Hay una o dos personas que caminarán por la calle sin detenerse, ni siquiera por curiosidad.

SOLDADO.- (al señor de mayor edad) ¿Cómo te llamas?

El hombre mira al soldado frunce un poco su seño y dice:

BERNABÉ.- Bernabé. Mi nombre es Bernabé.

SOLDADO.- ¿Qué llevas sobre tu burro?

BERNABÉ.- (Destapa la carga del burro y dice) Leña.

El soldado le hace un gesto de continuar su viaje.

ESCENA 122

LUGAR: casa de Silas.

PERSONAJES: Silas, Ruth, Dimas Esteban, Sara, Marta y tres soldados romanos.

ESCENOGRAFÍA: Silas y Dimas trabajan juntos. Esteban y su madre se encuentran guardando la cerámica. Para ello mezclan entre cada plato un poco de paja. Ruth está peinando a su nietecita Marta.

(La cámara muestra a todos en sus varias actividades) La puerta suena fuertemente y Esteban mira unas lanzas que aparecen por sobre el cerramiento del patio. Da la voz de alarma, sin decirlo demasiado fuerte.)

ESTEBAN.- ¡Soldados!

Dimas al oír esto, entra velozmente en un cuarto. Hay pánico en todos. Preocupación en Sara, Ruth y Silas, También Marta está asustada aunque no comprende.

ESTEBAN.- (Abriendo la puerta) ¿Si?

SOLDADO.- 1.- (entra casi empujando a Esteban) Queremos hacer una revisión.

ESTEBAN.- ¿Revisión de qué?

Entran los otros dos soldados. Ruth abraza protegiendo a su nieta.

SOLDADO 1.- ¿Dónde está el Señor de la casa?

SILAS.- (da un paso adelante) Aquí estoy.

SOLDADO 1.- ¿Hay alguien más en la casa?

SILAS.- No.

SOLDADO 1.- (Se dirige a los otros soldados y dice) Revisen la casa.

Los otros soldados hacen un sonido con sus zapatos e inician con el pedido. Todos están expectantes. Los soldados van por separado a cada cuarto, el soldado 1 permanece en un lugar central. Cada uno ha permanecido en su lugar de trabajo. Esteban no se mueve, pero empieza a sudar. Sara tampoco se mueve y cierra ligeramente sus ojos cuando uno

de los soldados entra al dormitorio en el que fue Dimas. Los
soldados terminan y dicen:
SOLDADO 2.- No hay nadie más.
SOLDADO 3.- (Se pone frente al soldado 1 antes de informar y
hace un sonido con sus pies al detenerse) No hay nadie más.
SOLDADO 1.- Revisen el patio y la cochera.
Los soldados continúan su búsqueda.

ESCENA 123

LUGAR: interior de la recámara en la casa de Silas Es el
mismo de la escena 116.
PERSONAJES: Dimas, Esteban, Sara, Marta, Silas y Ruth.

*(La cámara dentro del cuarto empieza la toma cuando
Esteban abre la puerta).*

Cuando Esteban va a entrar, primero mira bien hacia afuera,
como para estar seguro. Luego dice:
ESTEBAN.- Ya se fueron papá. (Mira al tumbado.)
Desde el tumbado se levanta una tabla y desde el mismo
escondite, que sirvió a Esteban para su juego, baja Dimas. Se
sacude un poco y dice:
DIMAS.- Tu escondite me salvó.
En este momento llega Sara y le da un abrazo, luego Silas y
finalmente Ruth con Marta. Todos al llegar abrazan a Dimas
por largo tiempo.

ESCENA 124

LUGAR: Comedor en casa de Dimas, Los platos están vacíos,
ya que han terminado de comer.
PERSONAJES: Los mismos de la escena anterior, que se han
sentado en la mesa.
DIMAS.- Por mi seguridad, debo dejarles y solo nos veremos
en lugares diferentes. Si algo me sucede, deben saber, que
tuve las mejores intenciones, que deseo el bien para nuestro
oprimido pueblo y que los amo mucho.

SARA.- Pase lo que pase. Estaremos orgullosos de ti. Si necesitas irte lejos, no nos importará. Ahora solo importa que estés bien. (Lo besa)

ESTEBAN.- Padre fuiste en cada momento mi ejemplo. Siempre buscaste al salvador de nuestro pueblo y yo espero que lo encuentres. Me encantaría acompañarte donde vayas, pero en tu ausencia, protegeré a mi madre y a mi hermana.

DIMAS.- Quiero regalarte mi daga...

ESTEBAN (Interrumpiendo) No padre, esa la puedes necesitar.

DIMAS.- No sé si mi ausencia será larga. De todas maneras quiero bendecirlos.

Todos se reúnen más y puestos de pies se juntan más a su padre. Silas y Ruth se acercan y tendrán sus manos en alto como orando mientras dura la bendición.

DIMAS.- Yavé, Dios de nuestros padres, bendice a mi familia. A mi esposa Sara (Pone sus manos juntas sobre su cabeza. Ella permanece con la cabeza baja) Que pueda ver a sus hijos crecer y triunfar ante los peligros que nos trae la vida. A mis hijos Esteban y Marta (Pone una mano sobre la cabeza de cada hijo) Que mis hijos se beneficien del poder del Mesías que tú nos enviaste. (Luego se dirige a Silas y Ruth) Silas y Ruth, Ustedes fueron como mis padres. Que Dios les bendiga.

SILAS: Y a ti hijo mío.

Ruth hace una venia de aprobación.

Dimas abraza a todos y besa a su mujer, Hay entre los dos un cruce de miradas y otro beso. Mira a su hija, se agacha hasta llegar a su estatura, la sube en sus brazos y la abraza con fuerza. Toma en sus manos un pequeño paquete y sale con Esteban.

ESCENA 125

Lugar: Patio de la casa de Silas.

HORA: Hay una luz tenue, es la hora del ocaso.

PERSONAJES: Dimas, Esteban y Sara.

Esteban abre la puerta y observa los dos lados de la calle, luego regresa, y dice a su padre:

ESTEBAN.- Todo está bien, puedes salir sin problemas.

DIMAS.- Adiós y cuida de todos. (Aprieta sus dos manos entre las suyas le da un abrazo y sale)

Esteban mira con preocupación como su padre se aleja.

Desde otra toma, la cámara muestra a Sara observando la despedida. De sus ojos brotan lágrimas.

ESCENA 126

LUGAR: El mismo de la escena anterior.
HORA: Son aproximadamente las 8:30 de la mañana.
PERSONAJES: Esteban y Simón. (Simón trae al hombro el hacha)
(La cámara muestra la puerta y se oye que alguien la golpea, Esteban se acerca la abre de a poco y se asombra al mirar.
ESTEBAN.- ¡Aloja! Dice saludando.
SIMÓN.- (Hace un gesto de saludo con la cabeza y repite) ¡Aloja! ¿Está tu padre?
ESTEBAN.- No él no está.
SIMÓN.- Soy amigo de tu padre y le ofrecí regalarle algo de leña. Si tu puedes vente conmigo.
ESTEBAN.- Claro que puedo, déjame avisarle a mi madre y así, nos llevaremos a mi burro. (Entra en la casa)

ESCENA 127

LUGAR: Huerto de los olivos, Es este un bosque donde predominan los olivos. A las puertas de Jerusalén.
PERSONAJES: Simón y Esteban.
ACCESORIOS DE ESCENA: Un burro, el hacha y unas cuerdas para amarrar la leña.
Simón que es un hombre fuerte, corta ramas de oliva, utiliza su hacha para seleccionar los troncos ligeramente más anchos y deja de lado las ramas más angostas.
(La cámara muestra a Simón que trabaja fuertemente mientras Esteban trata de juntar los troncos y hace con ellos montones.)
ESTEBAN: Mi padre me ha dicho que los antiguos Romanos y otros pueblos, coronaban a sus reyes con coronas de olivo. (Hace una y se pone en su frente.)
Los dos sonríen.
SIMÓN.- Mi amo, me contaba que a veces premian las más famosas competencias también con coronas de olivo.

ESTEBAN.- ¿Por qué dices amo. Eres un esclavo?

SIMÓN. Sí lo soy, pero de acuerdo con la ley de Israel obtendré mi libertad en tres días por la Pascua, pues voy a completar siete años y en estos días mi amo me declarará finalmente libre a mí a mi esposa y a mis dos hijos.

A este punto los dos quedan impresionados por un griterío.

ESTEBAN.- ¿Qué sucede?

SIMÓN.- No lo sé. Es en el camino. (Los dos corren hacia unas ramas del bosque desde donde se mira el camino.)

ESCENA 128

LUGAR: Otro lugar del bosque de los olivos que da un fácil acceso a un camino.

PERSONAJES: Jesús, sus apóstoles y discípulos, Simón, Esteban y una gran cantidad de hombres mujeres, jóvenes y niños.

(La cámara muestra primero a Esteban y Simón que aparecen y se impresionan al ver la multitud. Luego la cámara muestra lo que ellos están observando y es una gran multitud que aclaman a Jesús, el cual está montado sobre una burra)

La multitud lo viene aclamando y pone sus mantas en el camino para que pase Jesús.

ESTEBAN.- ¡Es Jesús el profeta de Galilea!

SIMÓN.- ¿Quien?

ESTEBAN.- Luego te lo explico. Ayúdame a traer todas las ramas de olivo.

Los dos desaparecen tras de las ramas de un arbusto.

(La cámara vuelve a mostrar a Jesús que viene sobre la burrita.)

VOZ DE UN JOVEN.- ¡Bendito sea el hijo de David!

VOZ DE UNA MUJER.- ¡Bendito el que viene en nombre del Señor!

TODOS.- ¡Hosanna, Hosanna!

Cada vez el grupo está más cercano. A este punto aparecen nuevamente Esteban y Simón con gran cantidad de ramas de olivo, que empiezan a distribuir a los que acompañan a Jesús.

Otros más han entrado al bosque y aparecen con ramas de palma. El Griterío no para.

Jesús pasa frente a Esteban y Simón y sonríe. Esteban se llena de emoción y grita a todo pulmón:

ESTEBAN.- (Gritando) ¡Bendito sea el salvador de Israel! ¡Bendito sea el salvador de Israel! ¡Jesús, salva a mi Padre! ¡Jesús salva a mi padre!

VOZ DE HOMBRE.- ¡Gloria a Dios en el cielo, Viva nuestro rey!

ESCENA 129

LUGAR: Una calle de Israel.

PERSONAJES: Jesús, los apóstoles, discípulos, Doctores de la ley, Grupo de militares. Y una multitud dos veces mayor a la de la escena anterior.

Las personas agitan palmas y olivos y nuevas personas de tanto en tanto ponen sus mantas por donde debe pasar Jesús.

(La cámara muestra la escena desde varios ángulos, a veces muestra una vista panorámica y otras las actitudes o gritos de personas que miran a Jesús)

La cámara muestra primero una toma general y luego la actitud de tres soldados, que al ver la escena se miran mutuamente sin atinar qué actitud tomar y permanecen lejos como espectadores pasivos. Luego muestra a Judas gritando:

JUDAS.- ¡Viva nuestro rey!

(Apenas ha gritado, la cámara muestra el detalle de la pequeña bolsa con dinero que lleva en su cintura)

Ahora la cámara muestra desde otro ángulo una vista general. Luego enfoca a un hombre que extiende su manto en la vía.

Unos avanzan con Jesús, otros participan activamente pero no acompañan al grupo. Algunas mujeres levantan las manos al cielo en gratitud.

(Una cámara toma al grupo desde el frente, hay niños y jóvenes en el grupo, algunos traen ramas de olivo. Un Niño como de diez años es enfocado por las cámaras cuando grita:)

NIÑO.- ¡Bendito el que viene en nombre del Señor!

MULTITUD.- ¡Hosanna. Hosanna!

PEDRO.- (apóstol) ¡Bendito el hijo de David, el enviado del Señor!

A este punto, la cámara muestra a un grupo de sacerdotes y doctores de la ley, que miran incrédulos e irritados la escena. Ellos juntos, avanzan y le dicen a Jesús:

SACERDOTE.- ¡No oyes lo que ellos dicen, reprende a tus seguidores y haz callar a estos niños!

JESÚS.- (Ligeramente se ha detenido) Yo les aseguro, que si ellos callaran, gritarían las piedras.

Este grupo de doctores y sacerdotes se miran unos a otros y se retiran.

(La cámara muestra nuevamente a la multitud que sigue en gritos de Hosanna! Y enfoca a Jesús ya de espaldas siguiendo por la calle de Jerusalén.)

ESCENA 130

LUGAR: Trastienda o cuarto donde están seguidores de Barrabás.

PERSONAJES: Barrabás y once hombres más, que se han armado de espadas.

BARRABÁS.- Estamos siendo buscados y perseguidos, hoy como podemos ver nuestro grupo se ha reducido. Todos los que hoy estamos debemos permanecer unidos y tendremos éxito. Estábamos con treinta seguidores y teníamos aún mujeres, hoy estamos apenas doce.

VÍCTOR.- Pero doce contra un ejército de romanos no podremos resistir.

DIMAS.- ¡Eso lo sabemos ya! Pero, si estamos separados nos eliminarán y nos darán muerte fácilmente; pero si nos mantenemos unidos podremos lograr mucho más.

BARRABÁS.- Hemos robado espadas y caballos, pero siempre dejamos libres a los caballos, porque ellos nos podrían delatar, sobre el lugar en el que nos hemos refugiado, pero hoy vamos a cambiar de planes.

DIMAS.- Si alguien es arrestado, deberá morirse antes que delatar a sus compañeros o el lugar, que nos sirvió de campamento.

BARRABÁS.- Miren este diseño (Muestra una pequeña pizarra) Estamos en Judea (Garabatea una figura, sobre ella garabatea otra) Aquí está Samaria, (Hace otro garabato arriba) y aquí está Galilea)

Hay atención en los presentes.

DIMAS.- Nuestro deseo no es resistir ante los Romanos, porque bien decía Víctor somos muy pocos.

BARRABÁS.- Nuestro plan es obtener unos caballos, tomar el camino de Belén y seguir hasta salir de nuestro territorio, permanecer fuera unos meses, hasta que se olviden de nosotros y entonces sí volver.

DIMAS.- Tener miedo es normal, pero aquí está en detalle lo que cada uno debe hacer. Si hacemos lo establecido tendremos éxito.

BARRABÁS.- ¡Jamás en público griten el nombre de algún compañero! Todos buscan a Barrabás, porque saben mi nombre.

VÍCTOR.- Todos debemos salir por distintos caminos, pero nos vemos allá.

Hay puños elevados, como motivando a sus amigos.

ESCENA 131

LUGAR: El mismo de la escena 121

PERSONAJES: Barrabás, Dimas, Un grupo de militares en formación, con el jefe de formación, otros soldados guardianes. Víctor y Jonás.

HORA: Temprano en una mañana.

Como unos 20 soldados equipados con lanzas están en una formación. Dirigidos por otro soldado de mayor categoría. A una orden todos juntos giran a la derecha y luego en forma acompasada, marchan hacia la puerta.

(Todo esto ha sido observado desde una parte alta. La cámara parece retroceder y muestra a Dimas y Barrabás que están agazapados observando a los soldados desde el muro y permanecen acostados en él.)

DIMAS.- No veo a los demás en sus posiciones, si no están, Víctor y Jonás tendrán serios problemas.
BARRABÁS.- Estamos solo cuatro, ¿Tuvieron miedo los demás?
Dimas.- Ni Jonás, ni Víctor pueden vernos para decirles que debemos desistir de la operación.

(Desde el sitio alto de la toma se muestra como Dimas y Barrabás conversan sobre el vértice de dos muros.)

La primera pared es la que separa el palacio de la calle y contornos y la otra pared llega perpendicularmente separando las caballerizas del patio de formación de los militares. Pero esta pared de separación no está cerrada con puertas, sino que hay un arco entre ellas manteniéndolas comunicadas, pero en la parte baja del arco hay un guardia. El patio de formación tiene puerta que permanece abierta en el día pero vigilada.
BARRABÁS.- Como sabíamos, tenemos que pasar dos puntos de vigilancia, este el primero y luego aquel. (y lo señala)
DIMAS.- (preocupado) Si Víctor y Jonás inician de acuerdo al plan, estarán perdidos y sin respaldo.
BARRABÁS.- Míralos, han llegado hasta la puerta.
Los dos miran hacia la puerta por donde salieron los soldados.
DIMAS.- (Con pesar) Oh, no. Tenemos que hacer algo para ayudarles.

ESCENA 132

LUGAR: Puerta de entrada al patio de formación.
PERSONAJES: Dos guardias. Víctor y Jonás.
MATERIALES: Traen los dos unas espadas al cinto y unas cajas.

VÍCTOR.- (Con voz firme.) Somos comerciantes, vendemos hierba para los caballos, hemos traído unas muestras, para ver si logramos algún acuerdo.

GUARDIÁN 1.- Y para qué llevan espadas?

JONÁS.- Los comerciantes tenemos siempre dinero, si los ladrones nos miran armados, no nos atacan.

El mismo soldado les da una señal de pasar y ellos caminan por medio del patio hacia el arco que da paso a las caballerizas.

ESCENA 133

LUGAR: El mismo de la escena 132.

PERSONAJES: Dimas, Barrabás, un soldado guardián, Víctor y Jonás.

BARRABÁS.- ¡Entraron!

DIMAS.- Es mi turno. (Al decir esto, se mueve gateando sobre el cerramiento y llega a un lugar distante en el que está una cuerda amarrada. Recoge la cuerda y espera la señal.

Barrabás observa a Víctor y Jonás avanzar hasta el siguiente punto de vigilancia. Dimas sigue en espera de la señal.

(La música se ha vuelto emocionante y aumenta a momentos su intensidad.)

Víctor y Jonás parecen conversar primero, luego discutir y cuando están como a veinte metros de la puerta, se forma una pelea entre Víctor y Jonás, ambos han sacado sus espadas y se enfrentan mutuamente haciendo sonar sus armas. (Esta falsa pelea es solo una treta para la distracción del guardia)

El guardián más próximo pone atención al combate. Barrabás da la señal y Dimas arroja la cuerda al patio de los caballos y desciende por la pared, Barrabás gatea sobre el muro hasta llegar a la misma cuerda.

Víctor y Jonás continúan con su bien planeada pelea. Víctor ha caído y cuando Jonás va sobre él, vuela despedido y rodando, cada cual recoge su respectiva espada y se alistan para un nuevo ataque.

GUADIA DE LAS CABALLERIZAS.- ¿Qué pasa con Ustedes?

JONÁS.- Este malagradecido, quiere quedarse con todo el dinero!

VÍCTOR.- De qué dinero hablas, si aún no hemos hecho el negocio.

GUARDIA DE LAS CABALLERIZAS.- Atrás. No se acerquen, guarden sus armas.

JONÁS.- Claro, yo lo haré, pero si guarda este primero. (señala despectivamente a Víctor.)

VÍCTOR.- No hay nadie más traicionero que tú. Que si lo intentas... (Corta con su espada el aire y dice) Así te cortaré la cabeza.

JONÁS.- ¿Qué Crees que no tengo defensa? Así te cortaré yo a ti. Ellos entonces, guardan sus armas.

ESCENA 134

LUGAR: Puerta de entrada del patio de formación.

PERSONAJES: Los dos guardias de la entrada.

Los guardias de la primera puerta a distancia han observado el incidente entre los vendedores de hierba y comentan:

GUARDIA.- 1.- ¿Crees que hay algún problema?

GUARDIA 2.- (Mirando la pelea de Víctor y Jonás) Es un problema entre los dos campesinos.

GUARDIA 1.- ¿Crees que debemos averiguarlo?

GUARDIA 2.- Ya se calmaron, mantengámonos en el lugar que es nuestra responsabilidad.

ESCENA 135

LUGAR: Caballerizas en el Palacio de Pilatos.

PERSONAJES: DIMAS Y BARRABÁS.

Los dos están ensillando los caballos,

DIMAS.- Nuestro problema es el paso de la segunda puerta.

BARRABÁS.- ¿Cómo podríamos hacerlo? (Mueve la cabeza como dudando)

ESCENA 136

LUGAR: Una calle de Jerusalén.

PERSONAJES: soldados y jefe de formación (Los mismos 20 ya presentados en la escena 132 que están armados de lanzas.)

Se ve al grupo desde lejos que se detiene. Gira a la derecha, nuevamente gira a la derecha.

(La cámara se ha ido acercando al grupo. Y ahora se puede oír claramente las órdenes dadas por el jefe de formación)

JEFE DE FORMACIÓN.- ¡De vuelta al palacio...ya!
El grupo de soldados inicia su regreso.

(La música pone una gran expectativa y nerviosismo)

ESCENA 137

LUGAR: Patio de caballerizas.
PERSONAJES: Dimas, Barrabás, Víctor y Jonás y un guardia.
Tres caballos ensillados aparecen en esta escena.
MATERIALES: Cuerdas.

La cámara muestra primeramente que son tres los caballos que salen de las caballerizas.

Víctor y Jonás aún conversaban con el guardia. El cual no ha visto a los caballos aún.
VÍCTOR.- ¡Mira! (Le dice, con gran admiración al guardia y cuando éste mira los caballos, Jonás y Víctor lo sorprenden y dominan y lo esconde detrás del muro, para que no pueda ser visto por los otros guardias de la primera puerta.)
Los caballos ensillados han avanzado de modo que no puedan ser vistos aún por los guardias. Barrabás y Dimas se acercan a ellos, para indicarles los nuevos planes.

Una nueva toma muestra la situación pasados unos minutos.

A este punto el soldado está amarrado, amordazado y viste la túnica de Víctor, mientras, Jonás, se esfuerza por ayudar a Víctor a vestir su traje romano.
BARRABÁS.- Jonás tú irás en el mismo caballo de Víctor, cúbrete bien debajo de su capa roja. Ustedes avanzan primero y nos cubren.

DIMAS.- En cuanto estén en una parte segura de la ciudad, abandonen el caballo o uno de ustedes bájese, para dejar al otro, con más opciones de libertad.

BARRABÁS.- Pasemos por el siguiente patio, sin mucha prisa, que si sospechan algo, los guardias podrían cerrar la puerta.

DIMAS.- Listos, Ustedes van primero.

En perfecta formación y a un trote lento de los caballos avanzan. El primer caballo cubre a los dos caballos siguientes.

ESCENA 138

Se sabe que esta escena es en alguna calle, pero no se mira el lugar ni las caras de las personas, la cámara muestra con música expectante la marcha de los soldados que están de regreso al palacio. Enfoca solamente los pies de los que marchan. Y el sonido de sus pasos crea expectativa de peligro.

ESCENA 139

LUGAR: Puerta de entrada del patio de formaciones
PERSONAJES: Los dos guardias.
Tres caballos son necesarios en esta escena.
Están más atentos hacia las afueras del Palacio y más despreocupados de lo que pasa adentro.

Desde allí puede verse en una toma los caballos que vienen sin producir mucho ruido, ya que vienen al paso o en un ligero trote.

ESCENA 140

Se repite la toma de la escena 139, la música puede ser diferente. Adaptándose a la marcha y con gran expectativa.

ESCENA 141

LUGAR: Entrada al patio de formaciones del palacio de Pilatos.
PERSONAL: Dimas, Barrabás, Víctor, Jonás, Los dos guardias de la entrada y los soldados vistos en la escena 132 y 137.
Tres caballos aparecen en esta escena.

(La cámara muestra a los guardias de la entrada a ellos se acercan el grupo de los ladrones en tres caballos.)

Uno de los guardias oye algún ruido y mira a los caballos, regresa la vista y como que lo visto le hace dudar, vuelve otra vez la vista a los caballos y jinetes y da la voz de alarma:
GUARDIA1.- (Con gran energía y como dando una orden) ¡Cierra la puerta!
El segundo guardia mira primero a los caballos, que en este momento han empezado a correr velozmente. Y es que Víctor al ver la reacción del primer guardia, ha levantado la mano, que era la señal para acelerar. El segundo Guardia con dificultad, pero velozmente ha empezado a cerrar la puerta y es ayudado de inmediato por el segundo guardia. La puerta arrastrada por los dos soldados se ha cerrado más del sesenta por ciento, cuando el primer caballo, guiado por Víctor que viene disfrazado logra cruzar la puerta. Pero el caballo guiado por Barrabás debe frenar a raya para no chocarse contra la reja de la puerta. Los soldados a este punto han quedado fuera y con la puerta asegurada. La frenada tan inesperada desequilibra a Barrabás, que siguiendo la inercia resbala por el cuello del caballo. Intenta asegurarse de la cabeza del animal y finalmente cae al suelo, pero muy cerca de la puerta.
El guardia número 1, cuando cree que la puerta está cerrada. Toma su espada para clavarla en el cuello de Barrabás, por los espacios que dejan las rejas de madera y hierro, que sirven de puerta. Pero Barrabás, aún caído ha podido mover su cabeza y rueda para alejarse de la puerta; pero el guardia 2 Lanza con fuerza su lanza y cuando todos esperan un triste desenlace, Dimas aparta justo a tiempo a Barrabás, lo levanta y le ayuda a subir a su caballo. La espada lanzada contra barrabás pasa junto a su cuello y se clava en el piso.
El soldado Guardián 1, Saca una trompeta de su cintura y con ella, da la señal de alarma.

(Cuando da la señal de alarma, Una cámara muestra al grupo de soldados, que está a unos diez metros de la puerta.)

El jefe de formación, se adelanta y pregunta a los guardias.

JEFE DE FORMACIÓN: ¿Qué ocurre?
GUARDIA 2.- Unos ladrones pretenden robar nuestros caballos, dos han huido. (Muestra a los maleantes, que se pierden a la distancia) a otros dos los hemos encerrado aquí.
A este punto Dimas y Barrabás en sus caballos se han alejado de la puerta rumbo al patio de las caballerizas.
JEFE DE FORMACIÓN.- (Ordenando a los guardias de la puerta) ¡Abranos la puerta!
Los guardias, en forma rápida y ayudados por otros cinco soldados más, abren con prontitud la puerta. Los soldados en formación de abanico y en forma rápida van avanzando a pie hacia el otro patio, pero con las lanzas listas.

ESCENA 142

LUGAR: Patio de formación
PERSONAJES: Soldados en formación de abanico y otros soldados más que se les juntará luego.
En ese patio los soldados en formación de abanico avanzan hacia el patio de las caballerizas; pero desde varias puertas del castillo, siguen saliendo más soldados armados y se unen a los soldados, que van dirigidos por el jefe de formación.

ESCENA 143

LUGAR: Patio de las caballerizas.
PERSONAJES: Barrabás, Dimas, Soldados y gran cantidad de soldados armados con lanzas.
Se necesitan en esta escena ocho caballos.

(La toma empieza cuando a todo galope los dos caballos guiados por Dimas y Barrabás cruzan por el arco que divide los dos patios.)

A distancia moviéndose al trote, gran cantidad de soldados avanzan hacia ellos. Dimas que ha llegado primero al arco dirige su caballo al lugar desde donde cuelga la cuerda que les ha servido para ingresar allí. Barrabás sigue tras él. Al llegar a la cuerda solo sostiene con fuerza y anima a Barrabás a subir primero.

DIMAS.- ¡Vamos, Hagámoslo pronto!

Barrabás sostiene la cuerda y apoya sus ples en la pared. (Dimas le anima)

DIMAS.- ¡Más rápido, Que ya llegan!

Barrabás ha llegado arriba de la tapia. Entonces inicia Dimas la subida. Barrabás observa con gran preocupación. Dimas sube con agilidad y nerviosismo. Los dos caballos han quedado ligeramente separados del muro, dificultando un poco la tarea de los soldados. No es la distancia, más adecuada, pero algunos soldados, temiendo que los ladrones huyan, prueban sus lanzas que caen cerca de los pies de Dimas. Alguno de los soldados ha corrido hacia ellos con más fuerza, ante el griterío que los soldados han formado los caballos se asustan. Algún soldado al impulsar su lanza es estorbado por los caballos que relinchan, se paran en dos patas y salen del lugar. Sin embargo la lanza enviada por el soldado pasa junto a la cabeza de Dimas y corta unas pequeñas fibras de la cuerda.

SOLDADOS.- (Gritando desordenadamente) ¡A ellos!

En este instante Dimas Logra dar su última brazada para llegar junto a Barrabás. Algunas lanzas se estrellan contra el muro, otras pasan junto a la cabeza de Barrabás y salen fuera del muro. (La Cámara muestra al soldado guardián atado tratando de incorporarse)

Un soldado observa al guardia atado y amordazado y va a desatarlo, otro soldado le ayuda también.

Dimas recoge la cuerda y una lanza corta superficialmente la piel de su brazo. La cuerda es arrojada fuera del muro y los dos ladrones escapan por ella.

JEFE DE FORMACIÓN.- ¡Necesitamos caballos para ir tras de ellos!

Desde las caballerizas salen tres caballos con sus jinetes, unos soldados intentan atrapar a los dos caballos, en los que montaban Dimas y Barrabás, finalmente lo logran y el jefe de formación sube a uno de los caballos. A este punto tres nuevos jinetes se incorporan, mientras un soldado sube en el otro. El que hacía de jefe de formación levanta su mano y divide al grupo de caballería en dos grupos: cada uno de ellos de cuatro. Vayan ustedes tras de los hombres que huyen a pie, y nosotros iremos tras de los que huyeron con un caballo. Enseguida galopan con velocidad rumbo a la puerta.

ESCENA 144

LUGAR: Exteriores del palacio de Pilatos.
HORA: Son horas de la mañana, hay luz natural.
PERSONAJES: Dimas y Barrabás.
Dimas ha descendido primero y espera por Barrabás. En cuanto está a salvo indica una esquina, hacia donde deben dirigirse. El Palacio está en una zona ligeramente más elevada. Unas cuantas piedras y cierta vegetación ha crecido en lugares cercanos a los muros.
Presionado por el tiempo, Dimas no ha visto que el lugar más directo, por el que pretendía cruzar, está lleno de espinos.
DIMAS.- (Quejándose) Ay, No. Ay, ay, ay. (A Barrabás) No entres por aquí. ¡Estoy atrapado! Hay espinos y ¡Qué espinos! Ayúdame a salir.
Pretende salir de esa trampa natural, pero las espinas se han apoderado de su túnica.
DIMAS.- ¡Ay, vaya qué espinas!

(*La cámara hace un acercamiento de las espinas*)

Barrabás saca su espada y dice:
BARRABÁS.- Hay que cortar. ¡No hay tiempo! (Y así diciendo corta parte de la túnica que ha quedado atrapada)

(*Nuevamente la cámara muestra parte de las espinas que aún han quedado en la túnica de Dimas. Esta se mira con un gran trozo faltante en la parte inferior.*)

Libre Dimas de las espinas, los dos van por otro camino a gran velocidad tratando de escapar.

ESCENA 145

LUGAR: Exteriores del Palacio (Puerta de entrada)
PERSONAJES: Ocho soldados romanos a caballo.
Se mira a los ocho soldados a caballo llegando a gran velocidad.
En la puerta Cuatro siguen de frente (Entre ellos el jefe de formación) Los otros Giran bordeando la muralla.

ESCENA 146

LUGAR: Exteriores del palacio (junto a la muralla)
PERSONAJES: Cuatro soldados Romanos a caballo.
El grupo de soldados, que revisa las murallas, sin detenerse ha disminuido la velocidad de los caballos, para llevarlos al paso y constatar el lugar en el que fue colocada la cuerda, que aún ha quedado colgando desde la parte alta del muro.
Los soldados la miran y buscan en todas direcciones.
Uno de los soldados muestra a sus compañeros el trozo blanco de túnica, que ha quedado entre las espinas.
SOLDADO.- Parece que tuvieron problemas con las espinas.
Evitan las espinas y siguen velozmente hacia la esquina que fue seleccionada por Dimas y Barrabás.

ESCENA 147

LUGAR: Es un lugar a las afueras de Jerusalén.
PERSONAJES: Víctor y Jonás llegan en el caballo.
En el camino parece que perdieron o dejaron caer la capa roja que usan los soldados romanos. Al llegar a ese lugar, se bajan del caballo.
Velozmente, Jonás ayuda a Víctor a quitarse la coraza metálica; pero al quitarse su disfraz, queda en unos pantaloncillos largos, que dan la impresión de que fuera un mendigo.
VÍCTOR.- Jonás quiero que te lleves el caballo y que sigas tú solo.
JONÁS.- No. Tú debes llevar el caballo.
Dudan los dos, luego dice Jonás:
JONÁS.- No cualquiera que lleve el caballo, podría ser atrapado, la lanza o algo de los Romanos, podrían delatarnos.

Los dos dejan allí al caballo y el uniforme quitado al guardián, la lanza y se alejan juntos.

ESCENA 148

LUGAR: Afueras de Jerusalén.

PERSONAJES: Esteban, Jonás, Víctor, María, Jesús y una multitud entre ochenta o cien personas de distintas edades.

HORA: Aproximadamente medio día.

ESCENOGRAFÍA: Junto a un camino hay una pequeña hondonada que ha servido de escenario natural para la predicación de Jesús. Hay cultivo de vid en la zona.

Una cámara muestra desde la distancia la silueta de Jerusalén. Luego muestra un camino por el que caminan Vítor y Jonás. En nueva toma muestra a los dos desde atrás y se ve que ellos encuentran un gran número de personas, que se ha reunido a oír a Jesús y ellos también entran entre la gente y buscan un lugar para sentarse.

(En esta escena la cámara nunca enfocará a Jesús, pero su discurso acompañará todo el desarrollo de la escena.)

JESÚS.- El reino de los cielos se parece a un propietario que salió de madrugada a contratar trabajadores para su viña. Se puso de acuerdo con ellos para pagarles una moneda de plata al día, y los envió a su viña.

(La cámara muestra como Jesús ha seleccionado ese lugar, porque hay plantaciones de vid.)

JESÚS.- Salió de nuevo hacia las nueve de la mañana y al ver en la plaza a otros que estaba desocupados les dijo: "Vayan ustedes también a mi viña y les pagaré lo que sea justo." Y fueron a trabajar.

Una mujer de aspecto muy dulce, de aproximadamente cincuenta años ha mirado con atención a Víctor y al verle en necesidad, se acerca a él muy silenciosamente, Se quita su manto blanco y sin llamar la atención de nadie regala ese manto a Víctor. Víctor ha quedado sorprendido, Abre sus ojos, mira con gran gratitud a esa mujer y dice:

VÍCTOR.- ¡Gracias!

(La cámara muestra el dulce rostro de María, la madre de Jesús que sonríe.)

JESÚS.- Salió otra vez al medio día y luego a las tres de la tarde e hizo lo mismo.

(La cámara muestra la atención que tiene la gente, pero se detiene en uno de ellos, que parece muy concentrado en las palabras de Jesús, es Esteban.)

JESÚS.- Ya era la última hora del día, la undécima, cuando salió otra vez y vio a otros que estaban allí parados. Les preguntó ¿Por qué se han quedado todo el día sin hacer nada? Contestaron ellos: "Porque nadie nos ha contratado" Y les dijo: "Vayan también ustedes a trabajar en mi viña."

ESCENA 149

LUGAR: El mismo de la escena 149
PERSONAJES: Cuatro soldados a caballo (Entre ellos en jefe de formación) y Esteban.

Si bien se mira a los soldados el discurso dicho por Jesús acompaña a la escena.

JESÚS.- (SOLO LA VOZ) Al anochecer dijo el dueño de la viña a su mayordomo: "Llama a los trabajadores y Págales su jornal, empezando por los últimos y terminando con los primeros."
En el mismo lugar de la escena 148, llegan los soldados a caballo, recuperan el caballo y recogen la ropa y la lanza, que pertenecía al guardia romano. Se los mira buscar por varios lados y mientras tanto se sigue escuchando la voz de Jesús.
JESÚS.- Vinieron los que habían ido a trabajar a última hora y cada uno recibió un denario. Cuando llegó el turno a los primeros, pensaron que iban a recibir más, pero también recibieron un denario.
(Nada de lo dicho en esta escena por los soldados se escucha. Solo se oirá la voz de Cristo.)

ESTEBAN.- (se ha quedado pensando y se escuchan sus reflexiones) Cualquier tiempo es bueno para trabajar en las obras de Dios, no importa si empezamos desde niños o en los últimos instantes de nuestra vida.

ESCENA 150

LUGAR: Una de las calles de Jerusalén.
PERSONAJES: Dimas, Barrabás y unas pocas personas que transitan en la calle. Algún grupo que parece ser una familia judía.

(La cámara muestra una calle de Jerusalén, en ella dos hombres corren con gran prisa. La cámara los enfoca de frente. Indistintamente prueban entrar en algunas puertas, pero las encuentran cerradas y por su apuro no golpean ninguna puerta, pasan junto a varias personas, pero no se detienen, aunque en algunos de los transeúntes sí hay cierta curiosidad.)

ESCENA 151

LUGAR: La misma calle de la escena anterior, hay otras personas en la calle. (o las mismas en otras posiciones y la misma familia)
PERSONAJES: Cuatro jinetes Romanos.
Cuatro jinetes pasan, también revisan algunas puertas. Miran a todos lados y continúan su búsqueda.

(Desde una toma lejana la cámara muestra a uno de los soldados conversando con un pequeño grupo familiar, uno de los niños del grupo señala al soldado el fondo de la calle. La Cámara hace un acercamiento al rostro preocupado del padre, que sin decir nada, parece no estar de acuerdo con su hijo, pero pone la mano sobre su hombro, en señal de protección y juntos miran a los soldados continuar hacia el fondo de la calle.)

ESCENA 152

LUGAR: Una calle de Jerusalén. Hay en esta calle una puerta que es la entrada a una cantina. Junto a ella hay una tienda, que tiene hacia la calle algunos granos de venta, Una lona a manera de toldo, protege los granos de la lluvia o el sol.

PERSONAJES: Hay un hombre sentado frente a su negocio de granos, unas tres personas (dos mujeres y un hombre) Están comprando algo. Dos personas caminan por la calle en diferentes direcciones. Dimas y Barrabás.

(La escena muestra a Dimas y Barrabás corriendo, con gran cansancio y agitación. La cámara los enfoca de frente. Cuando se los ve próximos Dimas dice)

DIMAS.- Debemos separarnos!
Barrabás señala la cantina y entra en ella. Dimas busca el lado contrario y mira que podría subir a una tapia de adobe sobre la que ha crecido hierba, que está casi seca. Corre a ella da un salto y ayudándose con los pies sube a la tapia.

ESCENA 153

LUGAR: Una cantina. Hay dos toneles de vino, uno de ellos tiene un tapón y está inclinado para facilitar la venta. Hay pequeñas jarras (De cerámica) que se llevan hasta las mesas. Hay una puerta de un anaquel.
PERSONAJES: Barrabás, cantinero (Tiene unos 35 años), tres bebedores (todos sobre los 50 años)
(Es ésta una continuación de la escena 153)

(La cámara toma desde dentro de la cantina)

Se abre la puerta, Barrabás entra con gran apuro, da una mirada general al lugar y dice con desaliento
BARRABÁS.- ¡Solo tres personas! (Sus ojos miran por algún escondite.)
El cantinero lo mira ofreciéndole acogida, Los bebedores lo han mirado también.
Barrabás parece no encontrar la protección que buscaba y vuelve a salir.

ESCENA 154

LUGAR: La misma calle de la escena 153 (Esta escena da continuidad a la escena anterior)
PERSONAJES: Barrabás y cuatro soldados a caballo.
Barrabás sale con cuidado de la cantina y desde la esquina más saliente saca ligeramente la cabeza para espiar. En ese instante se mira a los cuatro jinetes que han llegado a la esquina de la calle, los cuales avanzan por la calle sobre sus caballos.

(La cámara muestra a detalle la preocupación en el rostro de Barrabás)

BARRABÁS.- (Para sí mismo) ¡Estoy perdido... No tengo escapatoria!
Barrabás vuelve a entrar a la cantina.

ESCENA 155

LUGAR: la misma calle de la escena 153, mirada con tomas diferentes.
PERSONAJES: Dimas y cuatro soldados a caballo.
Actores: Hay dos perros bravos que actúan en esta escena.

(Desde una cámara en una jirafa de filmación ubicada sobre el muro se verán los detalles que suceden en la calle y dentro de la casa. También habrán otras tomas de abajo hacia arriba)
(La escena debe coincidir como una continuación de la escena 153)

Dimas avanza unos metros y luego trepa a una pared. Sobre la pared hay unas plantas que han crecido. Dimas una vez arriba quiere continuar su descenso dentro de la casa, pero cuando ha bajado algo de sus pies dos perros dentro de la propiedad, se escapan de morderlo. Dimas apenas avanza a sostenerse y con gran dificultad y cuando logra ascender al muro, observa que cuatro soldados romanos a caballo se miran venir al fondo de la calle. Dimas decide quedarse quieto sobre el muro, pero con gran suavidad, ayudado de su mano y su pie, procura cuidar, que el filo de su túnica no se vea en el muro como una bandera. Los perros no dejan de ladrar, pero sus ladridos se van haciendo cada vez menos fuertes.

(La cámara desde lo alto, muestra a los soldados llegando, se detienen y en actitud defensiva revisan la tienda primero, luego, tres de ellos se desmontan de los caballos y antes de entrar hacen una recomendación,)

SOLDADO 1.- (Se dirige al único soldado que permanece en su caballo) ¡Pon atención a los caballos!
El soldado a caballo mueve la cabeza aceptando su misión.
(Desde la cámara en lo alto de la tapia se mira a Dimas agazapado, y desde allí se mira como los tres soldados entran a revisar dentro de la cantina.)

ESCENA 156

LUGAR: Interior de la cantina (Es igual al presentado en la escena 154.)
PERSONAJES: Barrabás tres bebedores, el cantinero y tres soldados romanos.

(Una cámara desde dentro de la cantina muestra como se abre la puerta con violencia y entran los tres soldados armados de lanzas. La cámara muestra algo de preocupación del cantinero, disimulada con cierta cortesía hacia los soldados)

CAMARERO.- (Disimula no haberse dado cuenta de las intensiones de los militares) Pasen ¿Qué desean servirse?
Ninguno de los soldados responde a la pregunta y uno de ellos hace otra pregunta:
SOLDADO 1.- ¿Dónde están?
El camarero parece ignorar la respuesta.
Uno de los soldados busca por algún escondite en el salón, mientras los otros dos van hacia la única mesa que está ocupada en donde están cuatro bebedores, (los tres pueden

verse desde donde enfoca la cámara, un cuarto aparece totalmente de espaldas. Ninguno aparece demasiado bebido) Los soldados se acercan hacia los bebedores. Estos permanecen en silencio, conservando relativa calma. Los soldados giran alrededor de la mesa observando fijamente a los bebedores.

(En la medida en que gira alrededor de la mesa, la cámara enfoca a detalle a cada bebedor)

Cuando mira a Barrabás se fija en él y le ordena.

(La cámara muestra a detalle el sudor de su cara, la barba)

SOLDADO 2.- Tú ponte de pies.
Barrabás se pone de pies.
SOLDADO 2.- Pon tus brazos en cruz.
BARRABÁS.- (con incredulidad) ¿Yo, Por qué?
SOLDADO 1.- Tu barba te delata.
SOLDADO 2.- Y tu sudor.
SOLDADO 3.- (Ordenando) ¡Brazos en cruz!
Barrabás obedece. Dos soldados apuntan hacia él sus lanzas y el tercero revisa a ver si esconde alguna arma.
SOLDADO 2.- ¡Extiende tus brazos!
BARRABÁS.- Las personas que buscan están allí. (señala hacia uno de los barriles)
Mientras los soldados se distraen algo, Barrabás salta sobre la mesa. Uno de los soldados reacciona y pretende herirle con una lanza. Pero Barrabás logra esquivarlo. Los bebedores se retiran asustados, tropezando y casi cayéndose se alejan de la arremetida de los soldados. Barrabás ha lanzado una jarra contra uno de los soldados. Este por esquivar el golpe ha rodado entre las mesas. El desorden es total.
El cantinero mira con ojos de preocupación y teme por la destrucción del lugar.
Barrabás salta sobre otra mesa utilizando una lámpara que cuelga desde el tumbado. Uno de los soldados tira su lanza sobre Barrabás, éste logra apenas esquivarla, pero la lanza atrapa su túnica y se clava en la mesa. La túnica así atrapada hace que Barrabás tropiece y caído en el suelo se rinde.

Barrabás extiende sus brazos, el soldado toma sus manos y
las ata por delante. Se las amarra a la altura de sus muñecas.
Los otros dos han permanecido apuntándolo con sus lanzas.
El soldado 2 hace una serie de nudos en medio de las dos
manos, de modo que esos nudos dan separación a las dos
manos, pero a la vez las hacen más difíciles de desatar.

SOLDADO 1.- ¿Dónde está tu compañero?

BARRABÁS.- No sé de quien hablan ni por qué me arrestan.
Yo estoy gozando de la vida con mis amigos.

SOLDADO 3.- Eres un mentiroso.

BARRABÁS.- Nada de eso es un delito.

SOLDADO 1.- Ya lo explicarás luego. ¡Camina!

Barrabás avanza custodiado hasta la puerta de salida. Las
personas del bar se han quedado silenciosas y siguen los
sucesos con temor. El grupo va hacia la puerta y la abre.

ESCENA 157

LUGAR el mismo de la escena 153, el vendedor de la tienda sigue
sentado frente a su negocio, él está al tanto de todo lo ocurrido,
pero siempre permanece en una actitud de complicidad con los
que son perseguidos. Más personas se han reunido en pequeños
grupos de dos o tres personas, su actitud será igualmente de
curiosidad y complicidad con los perseguidos.

Hay un soldado que ha permanecido a fuera vigilando los
caballos.

En la escena está también Dimas, presionado por los perros
y por los soldados, no se ha movido oculto sobre el muro,
cubierto apenas por unas pajas, que han crecido sobre la tapia.

Completan los actores con los tres soldados romanos y
Barrabás que saldrá atado de la cantina.

*(La cámara empieza mostrando a Dimas que no se ha movido
de su posición y luego enfoca a la puerta de la cantina que se
abre y de allí salen los tres soldados y Barrabás.)*

SOLDADO 3.- Tenemos a éste, pero buscaremos al otro.

(La cámara muestra en detalle a Barrabás, muestra sus manos y hace un acercamiento a su cara, sus ojos disimuladamente buscan a Dimas y lo avanza a localizar sobre el muro, y luego mira solo al suelo, para que su mirada no delate a su compañero.)

SOLDADO 2.- (Pregunta al dueño del negocio) Tú, sabes ¿para dónde se fue el otro?

DUEÑO DEL NEGOCIO (Primero mueve su cabeza en forma negativa y luego mueve la mano como indicando que siguió de largo.)

SOLDADO 3.- (Se dirige a los presentes) ¿Alguien vio hacia donde se fue el otro?

La mayoría baja sus ojos al suelo, pero una mujer entre las presentes hace el mismo gesto del dueño del negocio, por tanto el soldado 1 que parece tener un mayor rango dice:

SOLDADO 1.- Esto es lo que vamos a hacer. (Se dirige al soldado que ha permanecido afuera custodiando a los caballos) Tú permanecerás aquí, cuidando al detenido y los demás (mientras dice esto se ha montado ya en su caballo) vamos, que debemos encontrar al segundo.

El soldado hace un gesto de aceptación.

SOLDADO 1.- Si el prisionero intenta algo malo... ¡Mátalo!

La cámara muestra a Barrabás sumiso y mirando al suelo.

Ya los otros soldados están sobre sus caballos y se dirigen a prisa para el fondo de la calle. Antes de partir dan pequeños gritos para animar a sus caballos.

ESCENA 158

LUGAR: Es el mismo de la escena anterior.

PERSONAJES: Los mismos con la ausencia de los tres soldados a caballos.

Otros cuatro soldados a caballo llegarán al final.

Empieza la escena mostrando al soldado a caballo, que mira alejarse en la calle a sus compañeros, hasta, que solo se ve una lejana polvareda. A pesar de que Barrabás está atado, el soldado no le ha dejado de mirar ni un solo instante.

(La cámara enfoca entonces a Dimas, que levanta la cabeza con prudencia, mira al soldado y cuando lo considera descuidado. Mira bien al caballo lo reconoce y silba con gran fuerza.)

DIMAS.- (Produce un fuerte silbido)
El caballo parece reconocer el silbido y se para violentamente en sus dos patas. El soldado que estaba sobre el caballo cae al suelo al ser sorprendido por el comportamiento del animal, el caballo se acerca a la tapia, Dimas monta sobre él.
Cuando Barrabás oye el silbido, a pesar de estar amarrado actúa con prontitud y pisa con sus pies la lanza que el soldado ha dejado caer. De modo que, cuando el soldado pretende recuperar su lanza el peso de Barrabás se lo impide. Dimas amenaza al soldado caído con su cuchillo para que no se mueva.
DIMAS.- (Ha bajado del caballo) ¡No te muevas perro romano o te mataré!
Barrabás acerca sus manos y Dimas corta con prontitud las amarras con su cuchillo, lo hace en tres intentos, pues, corta las amarras y vuelve aponer su punta amenazante sobre el soldado, corta otro poco y amenaza al soldado nuevamente y vuelve a cortar las amarras, para volver a amenazar y no darle tiempo al soldado de reacción.
Cuando Barrabás se siente liberado, se preocupa de la lanza y la recoge, prácticamente arrebatándola al soldado, que sigue en el suelo ante la amenaza del cuchillo de Dimas. Una vez que consigue la lanza la apunta amenazante hacia el soldado.
DIMAS.- (se dirige al Soldado) Ponte boca abajo y extiende tus brazos en cruz. Si te mueves te matamos.
Todos los presentes han seguido los sucesos, solo con curiosidad, sin tomar ningún partido, hasta hay una cierta alegría en algunos.
Barrabás monta sobre el mismo caballo, que Dimas dirige.

(La cámara muestra en el rostro de Dimas la indecisión, luego éste, como obligado por las circunstancias toma el camino contrario al que tomaron los tres soldados)

BARRABÁS.- ¿Pero, vamos camino al cuartel?

DIMAS.- No nos queda alternativa.

(La cámara muestra con detalle, como las amarras permanecen aún en sus muñecas, pues el corte de Dimas solo las ha separado.)

BARRABÁS.- (ordenando) ¡Toma al lado contrario!

Dimas gira su caballo y van en la misma dirección que fueron los soldados.

El soldado se levanta, y grita a todo pulmón, pretende impedir el paso al caballo, pero Barrabás lo amenaza con la lanza que lleva en sus manos.

SOLDADO.- ¡Ladrones, ladrones, Ayuda! Ayuda! (Se dirige luego a todos los presentes con reproche) Ustedes lo sabían, todos lo sabían, donde estaba escondido el ladrón, son cómplices.

Nadie dice nada, todos miran al suelo y se retiran.

De pronto, ocurre algo inesperado, en el lado contrario al que se fueron los ladrones el soldado mira algo que le llama la atención. Cuatro soldados a caballo se acercan al lugar. El soldado al verlos, hace señales, para que ellos aceleren.

Cuando llegan, se ve que son los otros soldados que fueron en busca de los otros bandidos, ellos traen el caballo extra que han logrado rescatar.

SOLDADO.- Fui asaltado por los dos ladrones, que me quitaron mi caballo.

Los soldados ofrecen el caballo rescatado a su compañero, otro soldado le ofrece la lanza que también recuperaron y van tras los ladrones.

SOLDADO.- ¡Fueron por aquí!

UNO DE LOS SOLDADOS.- ¡A ellos!

ESCENA 159

LUGAR: Una esquina de las calles de Jerusalén.

PERSONAJES: Dimas y Barrabás (van sobre un caballo.)

También habrá en el lugar dos niños vestidos con túnicas llenando una carreta con hierba.

Los dos montan sobre un caballo. Dimas lo guía, pero al llegar a la esquina se han detenido, miran para todos los lados y Barrabás dice:

BARRABÁS.- ¡Hacia el mercado! (Apunta con su mano izquierda al lugar señalado. En esa mano lleva también la lanza, con la otra mano se sostiene de Dimas)

Dimas parece dudar, pero cumple la orden.

ESCENA 160

LUGAR: La misma esquina anterior.

PERSONAJES: Los cinco soldados de la escena 159, uno de ellos lo hemos conocido como el jefe de formación.

También aparecen en la escena los niños que llenan una carreta.

Al llegar a la esquina observan señales en el suelo de las pisadas del caballo, sin embargo preguntan.

JEFE DE FORMACIÓN.- ¿Hacia dónde fueron?

Los dos niños al mismo tiempo señalan el camino de la izquierda y los soldados continúan su persecución.

ESCENA 161

LUGAR: Calle mercado el mismo lugar de las escenas 118 y 119.

PERSONAJES: Dimas, Barrabás, Vendedor de telas, Ocho soldados y caballos.

Hay como unas cincuenta personas haciendo compras.

Frente a cada puerta del lugar los comerciantes han puesto un marco de madera para sostener un toldo, estos toldos cubren a los comerciantes y productos del sol o la lluvia. Otros, que venden en la mitad de la calle tienen sus toldos en bases de madera.

Dimas al llegar a este lugar en donde se ve movimiento y comercio, ha disminuido la velocidad, Se bajan los dos del caballo y Dimas muestra que adelante están los otros soldados. (Las lonas con las que los comerciantes se cubren del sol les han dado una pequeña protección) También le muestra que tras de ellos han llegado otros soldados, aunque estos por la distancia no los han visto aún. Dimas mira en su contorno y encuentra el zaguán de una casa por la que lleva y oculta a su caballo.

DIMAS.- (Habla en voz baja a Barrabás) Permanece escondido por aquí y utiliza el caballo si debes escapar. (Le aprieta sus manos disimuladamente y como despidiéndose; luego va y se sienta junto a una vendedora de frutas, apartado del lugar a donde se dirigen Barrabás y el caballo.) Los soldados perseguidores pasan frente a Dimas, lo observan pero siguen, no han visto a Barrabás, ni al caballo. De pronto se sorprenden de encontrarse con los otros tres soldados.
JEFE DE FORMACIÓN.- (Habla a los otros soldados) Ellos están aquí y pretenden pasar por compradores o vendedores. Todos empiezan una revisión más detallada de los hombres. Dos soldados permanecen a caballo y los otros van con lanzas y a pie.
SOLDADO 1.- (Da una orden a un Hombre joven) ¡Párate!
Todos revisan al aludido, pero no hay motivos de sospecha.
Se mira a lo lejos que se hace cosa igual con todos.
JEFE DE FORMACIÓN.- (a Dimas) ¡Párate!
Dimas se para y al hacerlo levanta una canasta de higos como si fuera un vendedor. Tres soldados le observan.
SOLDADO 2.- Es él, miren tiene cortada la túnica.
SOLDADO 3 Y todavía tiene pegadas espinas en su túnica.
Dimas observa su túnica, toma del borde de su túnica unas grandes espinas.

(La cámara hace un gran acercamiento de unas dos espinas que Dimas tiene en sus manos)

Cuando levanta la cabeza, tres espadas lo apuntan.
El soldado que fue asaltado lo reconoce y lo acusa.
SOLDADO.- Sí él me asaltó y me quitó mi caballo.
A la distancia Barrabás ha visto la suerte de su compañero, Ve el camino posible para huir. Entra al zaguán, pero piensa. (Se oye su pensamiento)
VOZ DE BARRABÁS.- Dimas me ha salvado la vida muchas veces, ahora es mi turno de salvar la suya.
Barrabás está listo a emprender la huida y grita con fuerza..
BARRABÁS.- Dejen a ese hombre, que es a mí a quien buscan. Yo soy Barrabás.

Todos los soldados, y la gente del mercado han puesto atención a sus palabras.

Luego de expresarse así Barrabás pisa en el estribo, con intención de subir al caballo, pero un comerciante con un mazo lo golpea en la espalda y cuando está en el suelo dice a los soldados.

VENDEDOR DE TELAS.- Apresen a Barrabás y crucifíquenlo, no queremos ladrones entre nosotros.

Dimas en este momento aprovecha la desatención hacia su persona, y velozmente saca su daga y la lanza con fuerza. La daga cruza un largo trecho. La daga corta las cuerdas que sostienen el toldo del comerciante de telas. Una de esas esquinas cae sobre la cabeza del vendedor de telas, si bien el golpe no es fuerte, un poco de sangre sale de una pequeña herida.

Los soldados reaccionan e inmovilizan a Dimas.

Los soldados apresan a Dimas y a Barrabás y con gran atención los llevan custodiados delante de ellos.

ESCENA 162

LUGAR: El mismo de la escena anterior.

PERSONAJES: Judas, María Magdalena y Susana. Dimas, Barrabás y los soldados de la escena anterior con sus caballos.

UTILERÍA: Las mujeres llevan pequeñas canastas.

(Mientras los soldados llevan prisioneros a Dimas y Barrabás, se cruzan con tres personajes en los cuales la cámara presta su atención.)

JUDAS: Este será un buen lugar para que hagan las compras para la cena de pascua, y son ustedes la que saben qué se debe comprar. Magdalena te he dado el dinero, quiero dejarlas mientras voy hacia el templo, espero no demorarme en mis gestiones.

Mientras Judas se aleja, las dos mujeres se detienen frente a una mujer que tiene unas lechugas. Judas se aleja del lugar.

ESCENA 163

LUGAR: Es la entrada en un lugar del templo donde reside el Sumo Sacerdote.

PERSONAJES: Hay un soldado del templo con una lanza, haciendo guardia frente a una entrada importante. Judas llega al lugar.

La escena se mira desde lejos, Se mira a Judas dialogando con el guardia y luego el guardia le permite pasar.

ESCENA 164

LUGAR: Interior del palacio de Caifás.

PERSONAJES: Caifás: Es el Sumo Sacerdote.

Hay cuatro sacerdotes que acompañan a Caifás.

Judas un discípulo de Jesús ha llegado a ser un trato.

Atuendos: Todos llevan túnicas largas, la de Caifás es de mayor jerarquía, Caifás lleva en la cabeza un distintivo parecido al que usan en ciertas circunstancias los obispos.

Mobiliario: En el interior hay varias sillas, una que es la principal, estará utilizada por Caifás

Solo Caifás aparecerá sentado Los sacerdotes acompañantes estarán a su lado de pies y parecerán de tanto en tanto aconsejar a su oído.

CAIFÁS.- ¿Cómo sabremos que tendremos éxito en apresar a Jesús?

JUDAS.- Ustedes saben que el hombre de Nazaret tiene muchos seguidores, sería peligroso, tratar de apresarlo mientras predica, de modo que si me dan 40 monedas de plata, yo le entregaría en el mejor lugar y cuando no haya ningún peligro para sus guardias.

Hay una conversación entre ellos que no se escucha y luego Caifás concluye.

CAIFÁS.- Hemos acordado que te daremos 30 monedas de plata. ¿Estás de acuerdo?

JUDAS.- Lo estoy.

Uno de los sacerdotes le extiende una funda con las monedas.

Los ojos de Judas denotan codicia. Hay alegría en los
sacerdotes por el acuerdo.

ESCENA 165

LUGAR: Es una cocina panadería.
PERSONAJES: María la Madre de Jesús y Susana (ya vista en
la escena (163)
Voz del anciano Simeón.
UTILERÍA: Hay una mesa grande de trabajo en donde hay
una masa de pan. Se ve junto un horno de leña, que está
controlado por Susana.
María aparece amasando la masa.
SUSANA.- María no le vas a poner levadura a la masa?
MARÍA.- No, la masa del pan de pascua no lleva levadura.
SUSANA.- María, ¿estás preocupada?
MARÍA.- Jesús dijo ayer, Si el grano de trigo no muere
permanece infecundo, pero si muere, produce mucho fruto.
SUSANA.- Y por qué te preocupan esas palabras, Jerusalén lo
ha recibido como un rey.
María no responde, su mirada se eleva como si ella estuviera
recordando algo. Ella recuerda la voz del anciano Simeón:
VOZ DE SIMEÓN.- (Ya visto en las escenas 3 y 4) Este Niño
traerá a la gente de Israel caída o resurrección... Una espada
de dolor atravesará tu alma.

ESCENA 166

LUGAR: EL mismo anterior.
PERSONAJES: Pedro, Juan y María Magdalena se unen a las
dos mujeres de la escena anterior.
UTILERÍA: Rústica escoba, trapos de limpieza colgados en el
cinto de los apóstoles.
MARÍA.- ¿Quedó lista la sala en el piso superior?
MARÍA MAGDALENA: Sí, el Maestro nos mandó a Pedro y a
Juan para ayudarnos y la hemos dejado limpia.
SUSANA.- ¿Pusieron aceite en todas las lámparas?
JUAN.- Sí yo lo hice.
PEDRO.- Judas nos trajo el vino suficiente.

MARÍA.- Antes de que se retiren quiero pedirles un favor. Llenen con agua fresca las fuentes destinadas a la purificación de las manos.

JUAN.- Yo me encargo, tú Pedro, trae otro poco más de leña.

PEDRO.- (Ha hecho un gesto afirmativo con su cabeza, pero se fija en el pan que prepara María) ¡Qué pan más grande hiciste!

MARÍA.- Sí, mi Hijo me pidió que hiciera un pan especial.

(Todos se han quedado mirando la masa que en ese momento se mete apenas al horno.)

MARÍA MAGDALENA.- ¿Está listo el cordero?

SUSANA.- Lo pondremos en el horno más tarde, ya que eso deberá estar caliente.

ESCENA 167

LUGAR: Palacio de Pilatos. El lugar es una mesa de registro en un lugar poco iluminado, un graderío conduce a las rejas de la cárcel, puede observarse en la toma parte de las rejas.

PERSONAJES: Simón el de Cirene, Un soldado que es el registrador de la cárcel.

Cuatro soldados a pies. Custodian a Barrabás y Dimas, que llegan atados.

Tras de una rústica mesa, sentado en una silla está un soldado, tiene una carpeta de cuero y en el interior un papiro. Hay un poco de tinta y una pluma sobre la mesa. Frente a este personaje está el esclavo Simón.

REGISTRADOR.- Bien... Creo que...

Sus palabras se ven interrumpidas con la entrada de nuevos prisioneros. (Simón se retira de frente a la mesa y deja el lugar a soldados y prisioneros)

REGISTRADOR.- Tu nombre?

DIMAS.- Dimas.

La cámara hace un acercamiento a su cara y otra a la de Simón que lo ha reconocido y se demuestra preocupado.

REGISTRADOR.- Tu nombre?

BARRABÁS.- Barrabás.

REGISTRADOR.- ¿De qué se los acusa?

UNO DE LOS SOLDADOS.- Robo de los caballos del palacio.

El registrador hace las anotaciones.

Uno de los soldados hace una señal y los soldados y prisioneros descienden unas escalinatas. El registrador de la prisión abre la puerta e ingresan los presos.

El registrador revisa el candado ante la mirada atenta de los soldados, que luego de esto se retiran.

Simón vuelve a su antiguo lugar.

REGISTRADOR.- (Se dirige a Simón) Está bien, prepara dos cruces para mañana.

Simón está por irse.

REGISTRADOR.- Que sean tres. Al fin y al cabo los Judíos están de fiesta. (Se ríe con sarcasmo) Sí ¿están de fiesta verdad?

ESCENA 168

LUGAR: casa de Silas en la puerta de entrada. (El mismo de las escenas 126 y 127)

PERSONAJES: Simón y Esteban.

HORA: Es como el medio día.

Frente a la puerta está Simón, esperando que alguien la abra. Puede verse la preocupación en su rostro, de pronto la puerta se abre y aparece Esteban.

SIMÓN.- Aloja. (Toma a Esteban por los hombros, lo mira a los ojos y le dice) Lo siento, tu padre fue arrestado por los soldados, mañana lo juzgarán y probablemente le den pena de muerte.

(Esteban está conmovido, unas lágrimas escapan de sus mejillas)

Simón abraza a Esteban y éste llora sobre su hombro.

ESTEBAN.- (Con voz entrecortada) ¿Quée pu puedo hacer?

SIMÓN.- (lo abraza) No sé, quizá reunir gente para pedir su libertad.

Llora mientras es consolado por Simón.

ESCENA 169

LUGAR: Calle en las afueras de Jerusalén.

PERSONAJES: (los mismos de las escenas 94 y 95 y otros más)

Dos soldados acompañan al grupo.

(El diálogo lo hacen mientras caminan, el grupo de gente se ve molesta y armada, haciendo gestos de querer linchar al ladrón)

SOLDADO 1.- ¿Están seguros de lo que afirman?

DUEÑO DE CASA.- Sí, es el mismo hombre que robó mi casa, mi vecino lo ha seguido hasta su casa y Saúl el posadero, lo está vigilando.

(La cámara muestra al grupo desde atrás, al fondo de la calle se mira a Saúl haciendo alguna señal.)

ESCENA 170

LUGAR: Frente a una casa pobre en Jerusalén (La misma de la escena 98)

PERSONAJES: Los mismo de la escena anterior más Saúl.

HORA: Medio día.

(El soldado 1 hace señales de estar en silencio y conversan en baja voz)

SOLDADO 2.- Estás seguro que el ladrón está aquí?

SAÚL.- Él está aquí.

SOLDADO 1.- Cómo sabes que es un ladrón.

VECINO.- Yo lo conozco y lo vi vendiendo corderos para la pascua, pero eran robados. Lo hemos seguido y vive aquí.

SOLDADO 1.- (En voz baja ordena) Ustedes golpearán y gritarán frente a la puerta en cuanto reciban la señal. Nosotros iremos por atrás.

Los dos soldados van por atrás. Los hombres de adelante preparan sus armas. En un momento Saúl da la señal y todos gritan y golpean la puerta y la empujan como si fueran abrirla.

(Tras un poco de griterío, se mira a los dos soldados que fueron por la puerta trasera traer a Gestas. La gente grita con iras y desdén.)

UNA VOZ.- Muerte al ladrón!

GENTE.- Que muera, que muera, que lo crucifiquen.

Gestas se mira despeinado, nervioso e irascible.

ESCENA 171

LUGAR: Entrada principal de una casa de dos pisos en Jerusalén.

PERSONAJES: Jesús y los apóstoles. Y unos diez discípulos.

(Jesús entra primero, los apóstoles entran de uno en uno. Ellos vienen en grupos de dos o tres y hay diálogos entre algunos, que no se logran escuchar. Apenas entran los dos primeros, se mirará la continuación en la siguiente toma)

ESCENA 172

LUGAR: Es la misma casa de la escena anterior vista por dentro.

PERSONAJES: Los mismos veinte y tres de la escena anterior, más María Magdalena y Susana y María la madre de Jesús.

Al inicio se mira que Jesús y dos apóstoles han entrado al hall de entrada. Su madre, Susana y María Magdalena están listas con toallas para la ceremonia del lavado de las manos, pero Jesús les quita las toallas, se quita su manto, se levanta un poco la túnica y se ciñe una de las toallas a la cintura. (Mientras esto ocurre han entrado los demás apóstoles y discípulos) Acerca una fuente junto a una banca y luego les dice:

JESÚS.- Tenía un gran deseo de comer esta Pascua con ustedes antes de padecer. Porque les digo que ya no volveré a comer hasta que sea la nueva y perfecta Pascua en el Reino de Dios. (Llamándolo) Tomás, tú serás el primero. (le muestra la banca) Tomás va a la banca y se sienta. Jesús le quita las sandalias y le lava los pies. Luego los seca con la toalla que ha dejado en la banca.

Hay sorpresas en los rostros de los apóstoles.

JESÚS.- (Llamándole) ¡Mateo!

Mateo se siente llamado y va a la banca para que Jesús le lave los pies. Las mujeres acercan más agua a Jesús.

(La cámara muestra los rostros asombrados de los apóstoles. Se oye a Jesús seguir llamando: Judas! La cámara se detiene en Pedro que conversa con Juan.

PEDRO.- (Habla con aplomo y seguridad, pero solo para su pequeño grupo) Yo no permitiré que el Maestro me lave los pies.

JESÚS.- (llamándole) ¡Pedro!

PEDRO.- Señor, tú no me lavarás los pies Jamás.

JESÚS.- Tú no comprendes lo que estoy haciendo, lo comprenderás más tarde. Si no te lavo los pies no tendrás parte conmigo.

PEDRO.- Entonces lávame no solo los pies, sino también las manos y la cabeza.

JESÚS.- El que está limpio solo necesita lavarse los pies. Y ustedes están limpios, aunque no todos.

JESÚS.- (llamando) ¡Santiago!

(A este punto ya todos los participantes se han alineado para ser lavados los pies.)

(Se ve a María la madre de Jesús retirar una toalla mojada y dejar otra seca.)

(La cámara muestra el rostro de Judas y un nerviosismo en él.)

(Para la toma siguiente deben haberse cambiado de lugar los actores, de modo que de la sensación de que ya todos fueron lavados y de que pasó algo de tiempo.)

JESÚS.- Si yo siendo su maestro les he lavado los pies, también deben lavarse los unos a los otros. (Mira a todos, y luego de una pausa dice) Les doy un nuevo mandamiento que os améis los unos a los otros como yo los he amado.

(Unos han estado de pies otros se habían sentado, Jesús al decir estas palabras pone una mano sobre el hombro de Judas y hace una señal para subir al piso alto. Todos se levantan y empiezan a subir.)

ESCENA 173

PERSONAJES: Jesús sus doce apóstoles, un pequeño grupo de discípulos, ya presentes en las dos escenas anteriores María Magdalena y Susana y María la madre de Jesús estarán sirviendo.

LUGAR: Segundo piso en una casa de Israel. Año 33 DC.

DECORACIÓN: Se han unido varias mesas formando una larga U. Las mesas al inicio vacías se llenarán con fuentes de lechugas, cordero asado. Hay dos fuentes con grandes panes y unas jarras grandes con vino.

(Al momento de iniciar esta escena, se ven las mesas listas, pero solo con manteles, que las mujeres irán llenando poco a poco. En la parte del fondo se ve a Jesús que ha subido a la

sala con sus apóstoles y discípulos; allí estando todos de pies
inicia la escena)

JESÚS.- En la casa de mi padre hay muchas habitaciones, yo
voy allí a prepararles un lugar, para que donde yo esté estén
también ustedes y ya conocen el camino.

TOMÁS.- Señor no sabemos a donde vas, ¿Cómo vamos a
saber el camino?

JESÚS.- Yo soy el camino, la verdad y la vida. Nadie va al
Padre sino por mí.

(A este punto el grupo ha tomado ubicación, Jesús aparece
en la parte central. Nadie ha tomado asiento aún, en su
lado derecho está Juan y al lado de Juan está Pedro. Al lado
izquierdo de Jesús están Santiago y Judas Iscariote.)

(Antes de tomar asiento se ve al grupo frente a las mesas y con
las mujeres incluidas que se han unido al grupo, ellas cierran
un círculo. Todos han levantado sus manos para rezar.)

*(La cámara desde el centro irá mostrando al grupo de uno por
uno)*

JESÚS.- (Rezando) A ti te llamo oh Dios, esperando tu
respuesta; Inclina a mí tu oído y escucha mi ruego.

TODOS.- (rezando como en diálogo) Renueva tus bondades
tú que salvas del agresor a los que se refugian bajo tu diestra.

JESÚS.- Guárdame como a la niña de tus ojos, escóndeme en la
sombra de tus alas, lejos de esos malvados que me acosan, de
mis enemigos que quieren mi muerte.

*(Hay música que interrumpe el salmo, cuando la música se
disminuye.)*

JESÚS.- Padre nuestro que estás en los cielos

TODOS.- (Repitiendo) Padre nuestro que estás en los cielos.

JESÚS.- Santificado sea tu nombre.

TODOS.- Santificado sea tu nombre.

(Nuevamente la música interrumpe el diálogo, pero se
escucha apenas la expresión de Jesús)

JESÚS.- Venga tu reino.

(Al término de la música, la toma denota, que han pasado unos momentos, ya que todos están sentados en sus asientos y las mujeres llevan bandejas para que todos las disfruten)

Jesús se ha parado y hay silencio, se nota que nadie ha empezado a comer aún.

JESÚS.- (Toma de la bandeja un gran pan redondo. Eleva la vista al cielo como orando y luego muestra a todos ese pan mientras dice:)

JESÚS.- Tomad y comed todos de él porque esto es mi cuerpo.

Hay sorpresa en los presentes y ligeros comentarios.

Jesús lo parte en pedazos para cada uno. Las bandejas circulan por diferentes lados y cada uno toma su parte, o si ve un pan entero lo parte. Al final María la madre de Jesús toma una bandeja y reparte a sus compañeras. Y a otros discípulos, que están presentes. (Todos han terminado su pedazo de pan, que han comido con cierto respeto y siguen normalmente comiendo)

JESÚS.- Yo soy la vid y ustedes las ramas. El que permanece en mí y yo en él ese da mucho fruto. La mujer se siente afligida cuando va a dar a luz, pero después que ha nacido la criatura se olvida de sus angustias. Así también ustedes sienten tristeza, pero yo los volveré a ver y su corazón se llenará de alegría. El Espíritu Santo que el Padre les va a enviar les recordará todas estas cosas.

Los apóstoles han seguido comiendo.

JESÚS.- Todos ustedes caerán esta noche, porque dice la escritura: Heriré al pastor y se dispersarán las ovejas"

PEDRO.- Aunque todos tropiecen y caigan yo no.

JESÚS.- (Respondiendo a Pedro) En verdad te digo que hoy, esta misma noche, antes de que el gallo cante dos veces, me habrás negado tres veces.

La cámara nos presenta un primer plano de la cara de Pedro y de su gran preocupación por lo que acaba de escuchar.

JESÚS.- (Con tristeza y dirigiéndose a todo el grupo) Les aseguro, además, que uno de los que comparte el pan conmigo esta noche me entregará.

(La cámara muestra el impacto que causa este anuncio en el rostro de Judas.)

JUAN.- ¿Seré yo acaso Maestro?

FELIPE.- ¿O tal vez sea yo?

(Hay un murmullo en la sala y todos pretenden saber si a ellos se refiere. Se habla y comenta en pequeños grupos, sin que ninguno se destaque. Pero se nota nerviosismo en el grupo)

(Las fuentes han sido vaciadas y todos han comido, entonces Jesús se pone de Pies, eleva su vista al cielo, extiende sus manos hacia el vino y dice solemnemente)

JESÚS.- (Orando) Gracias a ti Padre mío Señor del cielo y de la tierra... (Luego se dirige a sus discípulos y apóstoles) Tomad y bebed todos de él porque esta es mi sangre, sangre de la nueva alianza, que será derramada por vosotros y por muchos para el perdón de sus pecados.

Jesús sirve las copas con el cántaro, y Jesús se la pasa a sus apóstoles. Al entregar la copa a Judas le dice suavemente, pero con voz firme.

JESÚS.- ¡Lo que has de hacer hazlo pronto!

Judas recibe su copa, la bebe y sale del salón.

Casi nadie ha notado su salida, la cámara observa la mirada preocupada de María la Madre de Jesús, cuando mira a Judas salir del salón.

Jesús eleva los ojos al cielo y dice con voz fuerte:

JESÚS.- Padre ha llegado la hora; glorifica a tu Hijo, para que tu Hijo te dé gloria a ti! Tú le diste el poder sobre todos los mortales y quieres que comunique la vida eterna a todos aquellos que me encomendaste. Y esta es la vida eterna: conocerte a ti único Dios verdadero y al que tú has enviado, Jesús el Cristo. (Levanta los ojos al cielo) Padre, conságralos en la verdad, para que sean uno como Tú estás en mí y yo en ti.

ESCENA 174

LUGAR: es el bosque de los olivos.

PERSONAJES: Jesús, once de sus apóstoles y unos cuantos discípulos.

Hora: Es de noche y hay oscuridad. Pero hay también varios apóstoles con antorchas.

JESÚS.- Oren para que no caigan en la tentación.

En el grupo los apóstoles y discípulos buscan donde acomodarse.

(Camina un poco, le siguen Pedro, Santiago y Juan. Ellos han dado unos pasos más. Y Jesús les dice a los tres.)

JESÚS.- Hagan oración aquí.

Jesús va hacia una piedra y puesto de rodillas hace oración.

La música y la toma nueva hacen pensar que han pasado unos momentos.

JUAN.- ¿Pedro, estás con sueño?

PEDRO.- Sí. ¿Por qué?

JUAN.- Jesús está orando muy diferentemente en esta noche. Mira ¿Pedro, Pedro. Pedro?

La cámara muestra a Pedro que está dormido, Juan mira a Santiago y también él está dormido, mira atrás y en el grupo todos duermen. Juan Mira a Jesús orando.

La cámara hace un acercamiento a Jesús, hay gran sudor en su cara.

JESÚS.- Padre, Si es posible aparta de mí este cáliz.

La cámara muestra a Juan que también se ha dormido, muestra al resto del grupo, que también duermen, y muestra en el horizonte acercarse unas cuantas antorchas.

ESCENA 175

LUGAR: El bosque de los olivos.

PERSONAJES: Jesús, sus apóstoles unos tres discípulos más. Soldados.

Utilería Los soldados llevan espadas, pero también Pedro el apóstol. También traen antorchas.

HORAS: es tarde en la noche.

JESÚS. ¡Basta ya! Levantaos que está aquí el que me ha de entregar.

Los apóstoles se despiertan y se levantan.

Hay nerviosismo y susto en el grupo. En ese punto llega Judas Iscariote y mira a todos. Luego se dirige a Jesús y le da un beso en el rostro mientras le dice en voz alta:

JUDAS.- ¡Salve Maestro!

Jesús lo mira con gran ternura y le pregunta con un tono amigable:

JESÚS.- Amigo, ¿con un beso entregas al hijo del hombre?

De inmediato los soldados sujetan a Jesús; Pero al intentarlo, Pedro reacciona, saca la espada y hace daño a uno de los presentes, hiriéndole en la oreja. Jesús con autoridad le dice:

JESÚS.- Guarda tu espada, que quien a espada mata a espada muere.

Topa con rapidez la oreja afectada y la cura sin que la mayoría de los presentes lo noten. Y dice también con autoridad.

JESÚS: ¿A quién buscan?

SOLDADOS.- A Jesús Nazareno.

JESÚS.- Soy yo. Si me buscan a mí, dejad ir a estos.

Jesús extiende las manos. Los soldados le amarran y los discípulos asustados huyen entre el bosque.

Uno de los soldados empuja a Jesús por la espalda y dice groseramente.

SOLDADO.- ¡Camina!

ESCENA 176

LUGAR: Una calle de Jerusalén, que está junto al templo.

PERSONAJES: Soldados, algunos Judíos, Jesús, que va amarrado, Judas y más tarde Juan y Pedro.

HORA: media noche.

Utilería: los Judíos están armados de palos y los soldados de espadas, hay como unas doce antorchas.

JESÚS.- ¿Por qué han salido con espadas y palos como para atrapar un ladrón? Si siempre estuve enseñándoles en el templo. Pero es esta vuestra hora.

Pasa el grupo de gente, se oye en la obscuridad de la calle las pisadas sonoras, algunos curiosos se unen a ver qué ocurre.

El grupo ya ha pasado y otros van más atrás.

JUAN.- (Dice estas palabras a Pedro) Quizá yo pueda entrar, tengo unos amigos en el templo.

ESCENA 177

LUGAR: entrada al sanedrín o Palacio del Sumo Sacerdote Hay dos guardias permanentes en la puerta, ésta da paso a un patio amplio interno. Otra puerta conduce al Sanedrín.

PERSONAJES: Juan, Pedro, (apóstoles) hay soldados (5) Sacerdotes de la ley Judía entrando, Fariseos, hombres y mujeres judíos, como unos 20.

Portero de la puerta del Sanedrín.

Los soldados de la puerta detienen a Pedro y Juan, Pero miran a Juan a quien parecen conocer y le dejan pasar, cuando pretenden detener a Pedro, Juan les dice:

JUAN.- Viene conmigo.

Entonces los guardias lo dejan entrar.

Los dos avanzan por el patio, hay varias personas intentando entrar al Sanedrín.

En el centro del patio han encendido una fogata, porque hace frío y todos pretenden protegerse del frío, ya sea tapándose con mantas, permaneciendo juntos en algunos asientos o acercándose al fuego.

PORTERO DEL SANEDRÍN.- Atrás, atrás, no pueden entrar todos, es una orden.

Un sacerdote sale desde el interior del Sanedrín y empieza a preguntar por los grupos. Haciendo en todos la misma pregunta:

SACERDOTE.- ¿Hay alguien que desee testificar en contra del falso profeta? ¿Hay alguien que desee testificar en contra del falso profeta?

Hay rumores en el grupo de personas. Los grupos se ponen a maquinar posibles acusaciones.

JUAN.- (Dialogando con Pedro) Quizá pueda entrar yo, pero creo que no podré hacerte pasar; así que deberás esperar aquí.

PEDRO.- Sí, aquí esperaré.

Juan se dirige a la puerta.

ESCENA 178

LUGAR.- Cárcel en Jerusalén.

PERSONAJES.- Dimas, Barrabás, Gestas y tres presos más.

HORA: Media noche.

ESCENOGRAFÍA: El lugar está obscuro, apenas iluminado por antorchas, que están ubicadas fuera de las rejas.

Los presos están unos sentados en el suelo, otros duermen acostados en el suelo. No tienen mantas para cubrirse.

BARRABÁS.- Vi que un muchacho traía unas cruces, creo que no nos escaparemos de la muerte.

DIMAS.- Me siento que he traicionado a mi familia. Pero solo quise encontrar al salvador de Israel y ayudarlo.

OTRO LADRÓN.- ¿Sería posible que sus amigos que les fallaron, se unan ahora para tratar de liberarlos?

BARRABÁS.- No nadie podría librarnos de aquí.

GESTAS.- ¿Pueden dejar dormir?

DIMAS.- ¿Puedes dormir sabiendo que mañana nos matarán?

ESCENA 179

LUGAR: Interior del Sanedrín. Es una sala con una silla en la parte central. Hay otras sillas que están como formando un círculo, Hay unas gradas a los lados que permiten a otras personas sentarse. Se ve con gran iluminación. Hay antorchas.

PERSONAJES: En cada silla hay sacerdotes, escribas y fariseos, la silla principal se encuentra vacía. Hay muchos judíos (Quizá unos 40) Entre ellos está Juan el apóstol. También, casi tapado, se encuentra Judas Iscariote. En la parte central están cuatro soldados custodiando a Jesús. Junto a la puerta que está detrás del asiento principal está de pies Anás, ex Sumo Sacerdote.

Anás golpea sus manos dos veces y da la señal para que toda la audiencia se ponga de pies.

Todos en señal de respeto se han puesto de pies y entra Caifás.

Cuando Caifás ha llegado a su silla, da la señal de sentarse. Anás permanece junto a Caifás.

ANÁS.- Pedimos perdón al Sumo Sacerdote aquí presente, pero nos hemos reunido para juzgar a este falso profeta, que anda alborotando al pueblo.

CAIFÁS.- ¿Cómo te llamas?

JESÚS.- Jesús de Nazaret.
CAIFÁS.- Así que eres un profeta, ¿Quién te ha ungido como profeta del Altísimo?
Jesús no responde.

ESCENA 180

LUGAR: Es el mismo de la escena 178.
PERSONAJES: Hay varios hombres y mujeres reunidos, entre ellos está Pedro.
Cada grupo conversa por separado, pero todos de algún modo están cerca del fuego.
La fogata sigue encendida y los grupos se mantienen cercanos al fuego. Alguna mujer ha recogido algo de leña y la deja junto al fuego.
Pedro que demuestra tener frío se acerca a la fogata y la mujer se fija en él y le dice:
MUJER.- Tú también estabas con él.
Pedro se llena de temor y trata de disimularlo y dice:
PEDRO.- Mujer, no lo conozco.
Al oír esto la mujer lo mira con cierta duda, y se retira en busca de traer más leña.
MUJER.- (Va diciendo casi entre dientes) No lo conozco... ¿Y por qué está aquí?
Nadie en el grupo se ha interesado en este diálogo y Pedro ligeramente tapado se retira algo más distante.

ESCENA 181

LUGAR: El mismo de la escena 180
PERSONAJES LOS MISMOS DE LA ESCENA 178 En iguales posiciones, pero se añade al grupo los testigos. Dos soldados permanecen junto a Jesús a pesar de que tiene sus manos atadas.
ANÁS.- Que pasen los testigos!
(La cámara enfoca hacia la puerta donde entran unas diez personas.)
TESTIGO 1.- Yo le he oído decir, que el puede perdonar los pecados.
Caifás hace un rostro de extrañeza

CAIFÁS.- ¿Tienes algo que decir en tu defensa?

Jesús permanece callado.

ANÁS.- (Ordenando) Los siguientes.

Dos testigos pasan juntos.

DOS TESTIGOS. (Habla uno en nombre de los dos).- Nosotros le hemos visto, que no respeta el descanso del sábado.

CAIFÁS.- Y ahora ¿Tienes algo qué decir?

Jesús permanece callado.

ANÁS.- Que pasen los siguientes.

Pasan otros dos, y habla solo uno de ellos.

DOS NUEVOS TESTIGOS.- Nosotros le oímos decir: destruid este templo y yo lo reedificaré en tres días.

Al oír este testimonio la risotada general explota, y con ello comentarios mofas e insultos. Anás impone silencio.

CAIFÁS Cuarenta años ha durado su reconstrucción y tú lo edificarás en tres días y suelta la risa, que es seguida por el público.

La cámara muestra las risas, comentarios y miradas de odio. Pero también muestra la preocupación en los rostros de Juan y de Judas.

CAIFÁS.- Si eres irrespetuoso del templo y de la ley ¿Quiénes son tus discípulos y qué clase de enseñanza predicas?

JESÚS.- Yo he hablado abiertamente al mundo en los lugares donde los Judíos se reúnen, en las sinagogas y en el Templo, yo no he enseñado nada en secreto. ¿Por qué me preguntas a mí? Interroga a los que escucharon lo que he dicho.

Al oír esto uno de los soldados que ha permanecido a su lado como seguridad, le da una bofetada en la cara mientras dice:

SOLDADO.- ¿Así contestas al Sumo Sacerdote?

Hay griteríos en el público aprobando la actitud del soldado.

(*La cámara muestra preocupación en la cara de Judas.*)

JESÚS.- Si he respondido mal, demuestra dónde está el mal. Pero si he hablado correctamente ¿Por qué me golpeas?

Anás impone silencio nuevamente.

Caifás ha permanecido sentado en el juicio, pero en este instante se pone de pies (Hay silencio en la sala)

CAIFÁS.- En el nombre de Dios vivo, te ordeno que nos contestes ¿Eres tú el Mesías el Hijo de Dios?

Primero hay silencio y expectativa.

JESÚS.- Así es, tal como tú lo has dicho. (Hay fuerza y autoridad en sus palabras) Y yo les digo más: a partir de ahora ustedes contemplarán al Hijo del Hombre sentado a la derecha del Dios Todopoderoso, y lo verán venir sobre las nubes del cielo.

Hay gritos y confusión, iras en los asistentes. (*La cámara muestra la ira y el disgusto del Sumo Sacerdote.*) En suprema expresión de su ira se rasga y rompe sus vestiduras. La sala es un desorden. Anás levanta las manos y poco a poco el silencio se restablece.

CAIFÁS.- (Señalándolo con el dedo) ¡Ha blasfemado! ¿Para qué tenemos ya necesidad de testigos? Ustedes mismos han escuchado esta blasfemia.

Desde las gradas hay gritos ¡PENA DE MUERTE, MUERTE AL FLASFEMO, QUE MUERA!!

Anás nuevamente impone silencio, con solo levantar las manos. Habla en privado con Caifás.

ANÁS.- (Se dirige a Caifás) No podemos ordenar la pena de muerte, pero lo vamos a lograr.

CAIFÁS.- Doy la orden para llevar a este embustero en la mañana ante la presencia de Pilatos, con el fin de pedir su pena de muerte.

El público eufórico explota de alegría.

(*la cámara muestra primero la actitud de el apóstol Juan, llena de preocupación y también una cara angustiada en Judas*).

El público empieza a salir de la sala.

ESCENA 182

LUGAR: El mismo de las escenas 178 y 181

PERSONAJES: Los que ya se vieron en las escenas 178 y 181,
Se añade más gente que va saliendo de a poco desde el salón,
estarán los guardias que custodian a Jesús y Jesús mismo.
Materiales: leña seca: ramas y troncos de árboles.
SONIDOS ADICIONALES: Canto de un gallo.
La escena muestra la fogata y la misma empleada
acercándose con más leña. A lo lejos se escucha cantar a
un gallo. En ese punto la atención de todos se enfoca en la
puerta de la sala desde donde empiezan a salir sacerdotes,
escribas y fariseos.
La criada también mira hacia la puerta, pero al hacerlo se fija
en la preocupación en el rostro de Pedro. Hace ademán de
seguir de largo, pero regresa y le dice:
CRIADA.- Yo te vi con él en el huerto.
PEDRO.- Ya te dije mujer, No conozco a ese hombre.
Otro hombre, escucha la conversación de Pedro y la mujer.
Detiene a Pedro por el hombro. Una vez que Pedro gira hacia él,
lo mira con cierto desprecio, lo observa de arriba a bajo y dice.
HOMBRE JUNTO A LA FOGATA.- Es verdad lo que dice la
mujer, te delata tu aspecto de galileo.
Pedro, se siente atrapado y nervioso y dice en su defensa:
PEDRO.- Nada de aquello, yo les puedo jurar, que jamás he
visto a ese hombre.
En este punto se escucha cantar al gallo por segunda vez.
Pedro lo ha escuchado. En este momento Jesús que pasaba
junto a él. Lo mira. Y Pedro, rompe a llorar y sale de la casa.

ESCENA 183

LUGAR: Cárcel del palacio de Pilatos. (Puerta de entrada)
PERSONAJES: Jesús, Soldados, Dimas, Barrabás, Gestas y otro
ladrón.
HORA: Es de madrugada, en la cárcel hay poca luz.
Se mira a cuatro soldados custodiando a Jesús, Han llegado
con una antorcha para alumbrarse mejor; aunque hay otras
antorchas que alumbran el lugar.
Los ladrones en el interior se han movido hasta la reja, para
saber si tienen esperanza de salir o escapar.

SOLDADO 1.- Aquí les traigo otro, que tiene líos con los sacerdotes del Templo.

SOLDADO 2.- También será juzgado en la mañana por Pilatos.

Mientras habla de ese modo, Otro de los soldados abre la cerradura.

SOLDADO 1.- (A los ladrones presos) ¡Atrás, nadie se acerque a la puerta!

Los soldados alistan sus armas ante cualquier reacción. Los presos se retiran.

SOLDADO 2.- (Ordenando con fuerte voz) ¡Más atrás aún!

Los ladrones obedecen.

El soldado 3 abre la puerta, y da un empujón a Jesús dentro de la cárcel.

Jesús está a punto de caer, pero es sostenido por Dimas.

Los ladrones miran con impotencia como se cierra la puerta y los guardias se alejan.

ESCENA 184

LUGAR: Interior de la cárcel.

PERSONAJES: Jesús, Barrabás, Dimas, otro ladrón Y luego Gestas.

HORA: Amanecer (Hay poca luz)

(Al principio la cámara muestra a los ladrones pegados a la puerta, La iluminación en sus rostros depende de algunas antorchas, que de seguro se alejan, porque sus rostros van perdiendo luz. Después todos miran al recién llegado)

BARRABÁS.- ¿Cómo te llamas?

JESÚS.- Mi nombre es Jesús.

EL OTRO LADRÓN.- ¿Te sorprendieron robando a estas horas?

Mientras le preguntan miran ligeros golpes en su cara.

JESÚS.- He tenido gran deseo de estar este momento con ustedes. He venido aquí porque soy vuestro salvador.

Desde el interior, Gestas, que parecía dormido se levanta con prontitud, trae sus pelos desarreglados. Y hay malicia en su mirada. Ha oído las últimas palabras, por esto pregunta con ansiedad:

GESTAS.- ¿Traes alguna espada escondida?

JESÚS.- Yo soy la luz que necesitas para encontrar el camino. La espada te traería la muerte, pero si me sigues encontrarás la vida.

GESTAS.- (Preguntando a los demás) ¿Qué pasa con éste, está loco?

BARRABÁS.- Tú dices que eres nuestro salvador y que nos darás la vida. ¿No sabes que hoy me condenarán a muerte?

JESÚS.- Hoy tú verás mi salvación. Y así como hoy salvaré tu cuerpo de la muerte, todos sabrán, que he venido a salvar a los hombres de la muerte eterna.

BARRABÁS.- ¿Qué clase de adivino te crees?...

Barrabás pretendía continuar el diálogo, pero Dimas se interpone.

JESÚS.- Tengo sed.

GESTAS.- ¡Ah, Eres tú! (A todos en tono de burla y de ira) Es este un predicador, empieza por pedirles agua para luego envolverlos en su predicación. (Con ira) Pues me alegro que hayas caído preso.

JESÚS.- He venido a buscar a mis ovejas perdidas, todos los que son de mi rebaño escuchan mi voz.

Gestas hace un gesto despectivo, levanta la mano en un ademán, de no quererlo escuchar y regresa al lugar en el que dormía, diciendo:

GESTAS: .- ¡Tus ovejas! Ja ja.

El otro ladrón presente, se ve desanimado y busca también refugio en algún lugar. Barrabás ha ido a la puerta de rejas apoya sus manos en los barrotes y mira al exterior. (*La cámara nos muestra su actitud.*)

DIMAS.- (Dirigiéndose a Jesús) Siéntate aquí. (Le muestra un lugar)

(La nueva toma da la impresión de que ha pasado como una hora. Hay más claridad)

DIMAS.- Quise buscar y seguir al salvador de mi pueblo. Por buscarlo dejé mi familia... Hoy me siento defraudado, triste de que moriré sin haber conocido al salvador que buscaba. Y de que mi esposa y mis hijos quedarán desamparados.

JESÚS.- (Con voz muy amigable) Dimas, tú no dejaste tu familia buscando al Salvador. Tú dejaste a tu familia porque querías vengarte. La venganza trae consigo la muerte en cambio el perdón es el inicio de la salvación. Dimas, Yo te prometo que no morirás antes de haber visto a tu Salvador.

Un rayo de luz, parece llegar hasta el rostro de Dimas, su rostro se ilumina ligeramente, sus ojos están mirando a esa pequeña luz.

Mientras la cámara enfoca a Dimas en primer plano, se mira a Jesús que puesto de rodillas inicia una oración.

ESCENA 185

LUGAR: Casa humilde en Jerusalén.
PERSONAJES: María la madre de Jesús y los apóstoles Pedro y Juan.
HORA: Es quizá las cinco de la mañana.
Aparecen frente a la puerta de entrada Juan que es el que toca la puerta. A su lado, llorando y muy afligido se encuentra Pedro.
Sale una mujer muy dulce pero preocupada, es María la madre de Jesús.
MARÍA.- ¿Qué sucede?
JUAN.- Apresaron a Jesús.
PEDRO.- Yo soy un cobarde, yo le negué tres veces, exactamente como Él lo predijo. Yo lo negué. (llora)
María se ve triste, pero con gran dulzura les acoge.
MARÍA.- Entren les brindaré algo caliente. Ustedes necesitan descansar.
María parece proteger a Pedro. Lo mira a la cara y le dice con ternura:
MARÍA.- Jesús sabía que por tu miedo lo negarías, pero Él te ama.
María con sus manos toma la cabeza de Pedro y le abraza.

La cámara muestra los ojos llorosos de Pedro.

ESCENA 186

LUGAR: Casa del Sumo Sacerdote.
PERSONAJES: Sumo Sacerdote: Caifás, Anás y otros sacerdotes, Escribas y fariseos, como unos doce personajes, que parecen estar alistando algunos detalles. Está también Judas.
HORA: Son las primeras horas de la mañana. Hay luz natural.
Los sacerdotes están preocupados de sus atuendos. Se revisan mutuamente. En especial, ponen cuidado en la apariencia del Sumo Sacerdote. Revisan por varios lados y a la vez se revisan su apariencia entre unos y otros. Estando en esta actividad llega Judas. Anás lo reconoce y dice:
ANÁS.- ¡Oh! Judas, ¿Qué te trae por aquí?
JUDAS.- He pecado, he entregado a muerte a un hombre inocente.
UN SACERDOTE.- ¡Qué nos importa a nosotros, es tú problema!
ANÁS.- Es demasiado tarde.
Judas arroja la bolsa con las monedas al piso.
JUDAS.- ¡Aquí tienen sus monedas! (Se marcha)

La cámara muestra extrañeza en los rostros de los presentes y también la bolsa de monedas arrojadas sobre el piso.

ESCENA 187

LUGAR: Palacio de Pilatos, el sitio es amplio, es como un patio, que tiene un estrado para que los magistrados tomen asiento. Unas cuantas gradas comunican los dos lugares y a la vez los separan dando la impresión de jerarquía.
PERSONAJES: Pilatos, que es el gobernante y que será el último en llegar.
Hay soldados: como unos veinte para el control de la multitud. Hay un romano que hace como jefe de ceremonias. Dos tribunos acompañan siempre a Pilatos y permanecerán de pie, cerca del magistrado. Hay además unas cien personas. En el centro aparece Barrabás, que será el primer sentenciado. Junto a Barrabás están dos soldados. Junto a

una puerta lateral un soldado tiene listo al segundo hombre que será ajusticiado: Dimas.

(La cámara hace una toma general del lugar en el que no ha entrado aún Pilatos. Luego enfoca al jefe de ceremonias que dice:)

JEFE DE CEREMONIAS.- Todos de pie para recibir al Gobernador Poncio Pilatos.
Entra Pilatos precedido de dos tribunos. Hace un saludo con su cabeza a todos los presentes y toma asiento. (Los tribunos han permanecido a su lado y estarán de pies.)
JEFE DE CEREMONIAS.- Señor Gobernador, el pueblo presenta a juicio a este hombre conocido como Barrabás, es odiado por los comerciantes por sus robos. Últimamente participó en un robo fallido de caballos en el propio palacio.
PONCIO PILATOS.- ¿Hay testigos?
VENDEDOR DE TELAS: Señor Magistrado, yo soy vendedor de telas. En la plaza tengo mis ventas y conozco a este hombre como ladrón, yo mismo lo vi asaltando y repartiendo comida robada. Todo el pueblo pide su muerte.
UNO DE LOS SOLDADOS: Lo capturamos después de un intento fallido de robar nuestros caballos.
PILATOS.- Creo que está claro. ¿Tienes algo que decir?
BARRABÁS.- ¡Soy inocente!
PILATOS.- Ja, ja. ¿Qué pide el pueblo?
TODOS.- ¡Crucifícalo!! ¡Crucifícalo!
PILATOS.- Que así sea.
Mientras retiran a Barrabás entra Dimas. Hay dos soldados custodiando a cada preso.

ESCENA 188

LUGAR: El mismo de la escena anterior.
PERSONAJES: Los mismos de la escena anterior pero entran a ese lugar como unas cuarenta o más personas.
Se puede apreciar en este grupo al Sumo Sacerdote y un gran grupo de doctores y sacerdotes del templo. Se puede ver al apóstol Juan acompañado de María madre de Jesús y María Magdalena. Casi cubierto se puede apreciar a Judas. Esteban

el hijo de Dimas está allí y Simón el esclavo negro. En esta escena se ve también a Dimas.

De pronto llega al lugar un gran número de personas. (La cámara muestra primeramente al Sumo Sacerdote y sus acompañantes y luego muestra a María madre de Jesús, A Juan y María Magdalena, a Judas, a Esteban y Simón.)

Al ver llegar tanta gente reunida Pilatos hace un gesto con la cabeza, y con sus ojos pide alguna explicación. Uno de los acompañantes se acerca y le dice en voz baja.

(La cámara hace un gran acercamiento de esta conversación.)

TRIBUNO.- (En voz baja) Esta madrugada el Sumo Sacerdote nos envió un preso. Hoy ha llegado porque desea que sea juzgado.

PILATOS.- (En voz baja) Y ¿quién es esta persona?

TRIBUNO.- (En voz baja) No lo sé, es un predicador.

Mientras la gente entraba y se producían estos diálogos, los soldados han cambiado a Barrabas del centro y han puesto a Dimas.

JEFE DE CEREMONIAS.- Silencio por favor!

Pilatos se para y dice:

PILATOS.- Retiren a ese hombre y traigan primero al predicador que me ha sido enviado por el Sumo Sacerdote.

El Sumo Sacerdote hace una profunda reverencia y levanta sus dos manos en señal de aprobación por la cortesía a él ofrecida.

JEFE DE CEREMONIAS.- ¡Que pase Jesús de Nazaret!

ESCENA 189

LUGAR: Algún corredor del Palacio.

PERSONAJES: Jesús, Barrabás y cuatro soldados.

NOTA: Jesús y Barrabás tienen sus manos amarradas.

Barrabás está en el lugar vigilado por dos soldados y dos soldados pasan junto a Ellos llevando a Jesús. Al verlo, Barrabás explota diciendo:

BARRABÁS.- ¡Falso adivino! Así que tú me ibas a salvar de la muerte. (Con iras) Ya estoy condenado a morir crucificado. ¡Falso profeta!

Jesús le ha mirado y ha seguido caminando.

ESCENA 190

LUGAR: Se muestra el lugar de la escena 188, pero desde otro punto, ya que por alguna puerta lateral que comunica ese gran salón con la prisión ha entrado Jesús.

(La toma irá mostrando a Jesús con la reacción de algunos de los personajes de la sala.)

PERSONAJES: Jesús, María madre de Jesús. María Magdalena, El apóstol Juan, El apóstol Judas, Dos guardias custodiando a Dimas, que aparece amarrado. Esteban y su amigo Simón. Sacerdotes, fariseos, El Sumo Sacerdote, varios soldados repartidos a lo largo de la sala, y mucha gente.

(La toma se sugiere hacerse con una cámara rodante, para avanzar juntamente con Jesús en su recorrido por el salón. La escena no presentará ningún diálogo, pero sí irá acompañada de música y cada actor deberá poner de su parte a fin de que las escenas digan más que las palabras.)

La escena empieza en silencio y obscuridad, de pronto, la puerta hacia el gran salón se abre y la luz que llega de frente parece molestar a la vista de Jesús acostumbrado más a la penumbra.

La cámara muestra de inicio la dificultad que tienen los ojos de Jesús en adaptarse a la claridad.

A pocos pasos de la entrada dos soldados, que custodiaban a Dimas han debido esperar junto con este reo, a que Jesús sea juzgado. Junto a ellos pasa Jesús. Más adelante Jesús se fija en un hombre, que está algo oculto y temeroso: Es Judas. Este no se atreve a mirar a Jesús.
Pasa junto a su madre, que luce muy dolida, a Juan y María Magdalena. Esteban y Simón se han quedado completamente fuera de sí. Se miran uno al otro, como tratando de buscar una explicación a lo que ven. Lo señalan con el dedo y están fuera de sí ante la impresión que el reo les ha causado. Pero

hay alegría entre los sacerdotes y personal del templo y hasta señales de aprobación de lo que están observando.

Finalmente, Jesús, acompañado de los dos guardias ha llegado al centro de la sala.

ESCENA 191

LUGAR: El mismo de la escena 187.

PERSONAJES: Entre 140 y 150 personas, como se ha establecido en la escena 187 y la anterior. Papel protagónico llevan Pilatos y Jesús.

(*Nota: Es importante, que la cámara juegue con las tomas de picado y contrapicado, para darle más importancia a Pilatos, por su más alta posición en relación a la ubicación de Jesús.*)

Pilatos levanta su mano e impone silencio. Luego invita al Sumo Sacerdote y le dice:

PILATOS.- Ustedes me han traído este hombre. Qué acusación traen contra él?

SUMO SACERDOTE.- Este hombre se ha declarado el Hijo de Dios y el rey de los judíos.

El público estalla en gritos.

La cámara muestra la impresión en la madre de Jesús y la cara de Dimas.

El Tribuno que hacía de jefe de ceremonias impone silencio.

PILATOS.- (A Jesús) ¿Eres tú el rey de los Judíos?

JESÚS.- Tú lo has dicho.

PILATOS.- Entonces ¿Tú eres rey?

JESÚS.- Yo soy rey, pero mi reino no es de este mundo, si mi reino fuera de este mundo mis guardias vendrían a defenderme, pero mi reino no es de acá.

(*La cámara muestra impotencia en la mirada de Judas y extrañeza en las miradas de Dimas y Esteban.*)

DIMAS.- (Piensa, pero se escuchan sus pensamientos) Yo soy rey; pero mi reino no es de este mundo.

PILATOS.- De modo que tú eres rey.

JESÚS.- Tú lo has dicho, yo soy rey. Yo doy testimonio de la verdad.

ANÁS.- Ha confundido a toda la gente haciéndose pasar por un profeta.

PILATOS.- ¿Eres tú un profeta?

Jesús permanece callado.

UN SACERDOTE.- Instruye a la gente, que no se debe pagar tributo al César.

PILATOS.- La verdad es que no encuentro culpa en este hombre, pero por aquello de enseñar a no pagar tributo. Ordeno que sea flagelado.

Hay murmullos y descontentos en la sala.

(La cámara muestra el sufrimiento de María la madre de Jesús, que es consolada por Juan.)

Los soldados conducen a Jesús por la misma puerta que entró.

JEFE DE CEREMONIAS: Que pase el siguiente reo, el de nombre; Dimas.

Dimas es conducido hacia el centro.

(La cámara muestra la preocupación de Esteban)

Cuando ha llegado al centro, el jefe de ceremonias pregunta:

JEFE DE CEREMONIAS.- ¿Qué acusación traen contra él?

Un soldado pasa al centro y dice en voz alta.

SOLDADO.- Este hombre con engaños ha robado espadas a nuestros soldados y fue sorprendido y apresado en un intento de robar uno de nuestros caballos.

DIMAS.- No sé nada a cerca de las espadas de que se me acusa. Debo decir que sobre los caballos, solo los tomé prestados porque me gusta montarlos y no he tenido ninguno.

La declaración produce risa entre el público y también Pilatos se ríe.

El jefe de ceremonias impone silencio.

PILATOS.- Vaya! Te gusta montar los caballos. ¿No sabes que aquí los ladrones pagan con la crucifixión? ¿De modo que tú conoces al otro sentenciado?... (Pregunta al jefe de ceremonias) ¿Qué nombre tiene el otro sentenciado?

JEFE DE CEREMONIAS.- (primero busca el nombre entre sus papiros y dice) Barrabás.

PILATOS.- ¿Eres tú amigo de Barrabás?

DIMAS.- (Piensa antes de responder) No. Solo lo conocí aquí en la cárcel.

VOCES DEL PÚBLICO.- Miente. Miente. ¡Crucifícalo!

ESCENA 192

LUGAR: Es un cuarto relativamente pequeño, destinado al castigo de la flagelación. Tiene una columna central a la que han atado a Jesús mientras sus verdugos se alternan para flagelarlo.

PERSONAJES: Jesús, cuyo rostro esta contra la pilastra. Hay cuatro soldados en la tarea. Dos de ellos tienen látigos en sus manos y los otros festejan con sadismo.

Al golpear siempre añaden algo como:

VERDUGO 1.- Para que no enseñes a la gente en contra de los Romanos.

VERDUGO 2.- Para que aprendas a no profetizar.

Cada nueva frase es festejada por todos.

En ese momento parecen terminar la tarea y al soltar las amarras Jesús cae desfallecido.

ESCENA 193

LUGAR: El mismo de la escena anterior.

PERSONAJES: Los mismo de la escena anterior, más un nuevo soldado que llega.

MATERIAL: Trae en sus manos una corona de espinas.

Se abre una pequeña puerta y entra un soldado trayendo en sus manos la corona de espinas. Primero la levanta para que todos la vean.

(La cámara muestra a detalle la corona que ha sido hecha con espinas ya vistas en la escena 145)

Otro soldado toma una de las capas rojas dejadas allí por algún compañero, le pone sobre los hombros de Jesús. Lo sienta con brusquedad y ayudado de telas para no ser herido por las espinas, clava la corona de espinas en la cabeza de Jesús. Jesús cierra sus ojos en gesto de dolor. (Unas gotas de sangre bajan por su frente)

JESUS.- (Lanza un quejido apagado) Hum!

El mismo soldado encuentra arrimada a la pared alguna caña que ha servido sin duda de bastón a algún preso. El y los otros empiezan la mofa y la risa. Golpean con la caña las espinas, mientras dicen:

SOLDADO.- adivina profeta ¿Quién te ha pegado?

TODOS: ¡Salve rey de los judíos! Ja ja.

ESCENA 194
* * * * * * * * * * * * * * * * * *

LUGAR: El mismo de la escena 190

PERSONAJES: Los mismos de la escena 190 Más Sara y la mujer de Pilatos.

PILATOS.- (Se refiere a Dimas) Ordeno que este hombre sea crucificado!

Hay griterío y emoción en la multitud.

(La cámara muestra el rostro de Esteban lleno de lágrimas, La cámara muestra el llanto inconsolable de una mujer, que ha escuchado la sentencia: es Sara, la mujer de Dimas. Simón la ha visto y le dice a su amigo Esteban y van juntos y abrazan a Sara. Nada se escucha de estos diálogos, porque el griterío de la gente es mayor)

De pronto hay un total silencio en la sala. El propio Dimas que estaba siendo sacado de la sala por los soldados ha vuelto su rostro. Y allí, en el centro de la sala han traído a Jesús, que luce completamente lastimado, con su corona de espinas y su manto rojo.

Pilatos se ha quedado extasiado al verlo, pero cree que su triste imagen será suficiente para calmar al pueblo.

La cámara muestra la mirada aterradora de Judas, al
mostrarnos los ojos desorbitados de Judas, se repite una parte
de la escena 175 en donde dice Jesús:

JESÚS.- Amigo, ¿con un beso entregas al Hijo del Hombre?
PILATOS (Con voz pausada, solemne y muy fuerte dice) Aquí
tienen al Hombre. ¡Este es vuestro rey, el rey de los Judíos!
SUMO SACERDOTE.- ¡Hecha fuera a éste, no tenemos más rey
que el César!
Hay gríteríos de aprobación del pueblo.
PILATOS.- ¿Y qué hago con este rey?
TODOS.- ¡Crucifícalo!
PILATOS.- ¿Pero qué mal ha hecho?
TODOS.- ¡Crucifícalo! Crucifícalo!
La mujer de Pilatos viene por atrás y le dice en voz baja:
MUJER DE PILATOS.- ¡Sálvalo!
PILATOS.- (En voz baja a su mujer) Tengo una idea.
Llama frente a sí a uno de los soldados y le dice en voz suave:
PILATOS.- ¡Que me traigan a Barrabás!
El soldado sale en busca de Barrabás.
El maestro de ceremonias impone silencio. A este punto,
custodiado por dos soldados, Barrabás hace su ingreso.
PILATOS.- (A Todos) Hay una buena costumbre en este
pueblo: Que por las fiestas de la Pascua se perdone la vida
a un reo Y yo tengo el deseo de complacerles, por eso les
pregunto ¿A Quién queréis que os deje libre A Jesús el rey de
los Judíos o a Barrabás?
Esteban grita con desesperación:
ESTEBAN.- A Dimas a Dimas.
SARITA.- A Dimas a Dimas!
JUAN.- A Jesús.
MARIA Y MARIA MAGDALENA.- A Jesús.
Pero sus gritos se pierden entre el bullicio de la gente.

(La cámara muestra a más de un sacerdote convenciendo a la
gente de pedir a Barrabás)

SACERDOTES.- Si lo dejamos libre será peligroso para el pueblo.
Sobresale entre la multitud la voz del Sumo Sacerdote

SUMO SACERDOTE.- Suéltanos a Barrabás.

Y toda la gente lo apoya.

GENTE.- ¡A éste no! ¡Suéltanos a Barrabás. A Barrabás, a Barrabás!

El pedido parece unánime

PILATOS.- ¡Suelten a Barrabás! (A Barrabás) ¡Vete! Eres hombre libre.

Barrabás levanta las manos, hay sentimientos encontrados, está feliz, inquieto, nervioso.

Mientras lo sueltan Barrabás mira a Jesús en su lamentable estado, también Jesús lo mira. Y una vez liberado sale entre alegre y temeroso, como sin acabar de entender lo que le pasa.

El jefe de ceremonias impone silencio.

PILATOS.- ¿Y qué hago con éste?

GENTÍO.- ¡Crucifícalo, crucifícalo!

ANÁS.- Si lo dejas en libertad no eres amigo del César.

Pilatos con una pequeña señal ha logrado que unos pajes a su servicio le traigan agua y se lava las manos.

PILATOS.- Yo soy inocente de la sangre de este justo.

SUMO SACERDOTE.- Su sangre caiga sobre nosotros y sobre nuestros hijos.

PILATOS.- (Con notoria decepción muestra con una mano al reo y dice) ¡Crucifíquenlo!

La cámara muestra la tristeza en los rostros de María, su madre y del apóstol Juan y una mirada desesperada en Judas.
(La cámara enfoca a Judas que parece recordar: Se muestra nuevamente la escena 175, cuando Jesús dice: "Amigo ¿con un beso entregas al hijo del hombre?")

ESCENA 195

LUGAR: una de las calles de la ciudad.

PERSONAJES: Jesús, Dimas y Gestas, cada uno de ellos lleva una cruz. Hay unos jóvenes que llevan rótulos frente a cada condenado. Hay muchas personas unas se ven como curiosas y otras dolidas, Hay unos pocos soldados a pie, estos llevan látigos. Otros soldados van a caballo.

HORA: Son como las once de la mañana.

Un jovencito lleva una tabla en donde se ha escrito:
IESUS NAZARENUS
REX IUDIORUM
(Como ya se había mostrado en la escena 1. Es el único letrero
de los reos que ha sido escrito en dos líneas.)
Jesús le sigue cerca, con señales de agotamiento, Él lleva una cruz.
Detrás viene otro jovencito con un letrero que dice:
DIMAS LATRO
Le sigue de cerca Dimas, que avanza avergonzado.
Un tercer joven va detrás de Dimas y el lleva otro letrero:
GESTAS LATRO
Cierra el grupo Gestas. Unos cuantos elevan sus puños como
apoyando su muerte. Otros se ven curiosos o dolidos.

ESCENA 196

LUGAR: Otra de las calles de Jerusalén.
PERSONAJES: Jesús, tres mujeres, un judío, una multitud,
aparece al final el soldado Romano que lleva el látigo.

*(La cámara muestra a detalle los pasos de Jesús, pero de
pronto una irregularidad del camino le hace tropezar y Jesús
termina apoyando su rodilla al suelo, e intenta sujetar a la
cruz para no ser golpeado por ella.)*

Un judío ha visto lo que sucede, mira a los soldados, da unos
pasos y logra sostener la cruz.
Tres mujeres que lloraban, al ver a Jesús tan cercano y caído,
se comiden a levantarlo y Él les dice:
JESÚS.- Mujeres de Jerusalén no llovéis por mí, sino por
vuestros hijos.
El soldado con el látigo ordena a las mujeres retirarse.
SOLDADO: ¡Atrás!
Las mujeres ocupan su lugar y el soldado lanza un latigazo al
cuerpo de Jesús.

ESCENA 197

LUGAR: Es el mismo lugar de la calle, pero la toma es al otro lado de la calle.
PERSONAJES: Esteban, Simón, Sara, Silas y Mateo Un muchacho que lleva el cartel delante de Dimas y Dimas.
HORA: Es en la mañana. La escena es continuación de la anterior.

(La cámara hace un enfoque detallado de un grupo de personas que miran pasar a los reos al otro lado de la calle. Sus rostros están demacrados, muy acongojados)

SARA.- ¡Piedad! (levanta sus manos)
Su hijo Esteban la abraza y mira entristecido.
Un muchacho lleva el rótulo "DIMAS LATRO" Y tras de él viene Dimas llevando su cruz. Dimas mira a sus parientes y se siente angustiado, como sufriendo más por ellos que por sí mismo. El grupo de personas no deja de llorar, menos Esteban y Simón.
Cuando la cruz y Dimas han pasado, esteban y Simón cruzan palabras y hablan con el grupo su diálogo no se escucha y luego Simón y Esteban se retiran.

Hay una música solemne y triste que acompaña la escena.

ESCENA 198

LUGAR: Una calle de Jerusalén. (En un sitio muy cercano a la toma anterior)
PERSONAJES: Jesús, María su madre, el apóstol Juan. Unos cuantos metros atrás se verán a Esteban y Simón.
Con profunda tristeza Juan y María, se han ubicado en primera fila y ven muy de cerca pasar a Jesús. Su Madre llena de dolor lo llama:
MARÍA.- Hijo, Hijo!
Juan la sostiene y Jesús impotente los mira.

Una cámara elevada pasará la escena a dos personajes que comentan detrás:

(En un enfoque cercano se ve como Esteban y Simón salen de entre la gente que está tratando de mirar a los condenados que llevan sus cruces al Calvario), cuando han logrado salir dice Simón:
SIMÓN.- Por aquí, yo conozco un camino.
Los dos corren y toman otra vía.

ESCENA 199

LUGAR: Alguna calle de Jerusalén.
PERSONAJES: Simón, Esteban, algún Judío que camina por la calle.
Simón y Esteban corren por la calle, que se ve casi vacía, solo un judío de mediana edad camina por esa calle.

Los dos llegan a la esquina y al virar a la izquierda la cámara cambia de toma.

ESCENA 200

LUGAR: La calle que Simón y Esteban toman, es una calle que se ve interrumpida por unos arbustos y las calles dejan espacio solo a pequeños senderos por los cuales se pueden ascender al Calvario.
PERSONAJES: Esteban, Simón y Judas.

(Esta escena es continuación de la anterior, al girar a la izquierda, la escena cambia la toma de modo que se mira a los dos de frente. Pero apenas han girado los dos quedan atónitos de lo que miran y se detienen mostrando una cara de terror. La cámara muestra la escena desde el otro lado de modo que se ve el motivo por el cual ellos se han asustado)

Un hombre se ha colgado de un árbol, quitándose la vida: Es Judas.
ESTEBAN.- (Dice muy asustado a Simón) ¿Lo conoces?
SIMÓN.- No, nunca he visto a este hombre.

Mira el cadáver, luego dice a su amigo.
SIMÓN.- Por acá.
Los dos corren sin subir al Calvario todavía. La calle ha desaparecido y solo hay senderos.

ESCENA 201

LUGAR: Se mira otro lugar por donde avanzan los condenados a muerte.
PERSONAJES: Jesús, tres sacerdotes judíos y una mujer Judía. (Ella ya fue vista en las esacenas 20 y 120)
Mientras se ven rostros de angustia y hasta curiosidad, tres sacerdotes parecen gozar del momento, se los mira reir y al ver a Jesús se ponen a burlarse:
UN SACERDOTE.- Rey de los Judíos? Ja ja,
OTRO SACERDOTE.- Blasfemo! De modo que eres el Hijo de Dios?
El tercer sacerdote muy molesto da unos pasos al frente y le escupe en la cara.
Jesús se detiene y los mira. Se oye la risotada de los sacerdotes, que le dan la espalda y se retiran.
Una joven muchacha judía que ha visto lo ocurrido, deja sobre un muro una canasta que lleva en sus manos, retira de la canasta un cobertor blanco.

La cámara muestra el detalle de la canasta, que tiene otro pequeño cobertor de color azul. Se puede ver en la canasta unos cuantos panes.

La muchacha limpia el rostro lleno de sangre y saliva con su paño blanco. Jesús y la muchacha se miran y la joven se retira.

ESCENA 202

La toma es ahora en un lugar donde termina la calle e inicia un sendero que conduce al Calvario.

PERSONAJES: Simón, Esteban, Dimas, y unas cuantas personas a cada lado del sendero que conduce al Calvario. Se verán luego un soldado a caballo, el joven que lleva el letrero de Jesús, Jesús y un soldado con látigo.

Jadeantes por haber corrido, llegan a este lugar Esteban y Simón, el soldado a caballo que inicia la marcha de la tortura no ha llegado aún, pero avanza con lentitud. Simón ve el sufrimiento de Esteban y pone su brazo sobre su hombro como demostrándole unidad en su dolor.

ESTEBAN.- Mi padre siempre ha sido mi ejemplo, aún si está en este duro momento yo lo sigo admirando como un héroe. Pero no sé qué pasa con Jesús. Para mí él era el salvador, pero hoy va a morir...

El soldado de a caballo ha llegado frente a ellos, tras él viene el muchacho que lleva el rótulo IESUS NAZARENUS REX IUDIORUM, A paso lento sigue Jesús, que parece no poder con la cruz. Frente a ellos Jesús cae. La cruz cae encima de Jesús. El soldado con el látigo lanza un latigazo a Jesús, pero al verlo sin reacción mira a Simón y le dice:

SOLDADO CON LATIGO: Tú, ¿Cómo te llamas?

SIMÓN.- ¿Yoo? Simón.

SOLDADO CON LATIGO.- Te conozco. (Ordenando) Ayuda a éste a llevar la cruz.

Simón va toma la cruz, observa a Jesús. Jesús levanta su vista y le dice:

JESUS.- Gracias.

Jesús se incorpora y camina junto a Simón. Allí empiezan el ascenso al Calvario.

Esteban está conmovido, pero trata de mirar a su padre más atrás.

ESCENA 203

LUGAR.- Es la parte alta del Calvario.

PERSONAJES: Están los tres sentenciados: Jesús, Dimas y Gestas. Hay varios soldados, se destaca un hombre que hace las veces de verdugo. Hay Sacerdotes y grupos familiares. Se verán personajes como María, Juan el apóstol, María Magdalena. Sara, Mateo, Esteban, Silas.

Los reos han llegado al Calvario con sus cruces, Jesús está de rodillas como sentado sobre sus talones.

Un soldado va frente a cada reo y proceden a desnudarlos. En ese instante María Magdalena, Sara y otra mujer desconocida dan a los soldados sus velos con los cuales los reos son cubiertos.

La cámara muestra al grupo familiar de Dimas, que miran desconsolados la escena. La Cámara enfoca a Dimas, que es sostenido contra la cruz por cuatro soldados.

El verdugo apunta un gran clavo contra su mano, levanta su gran martillo. Se oye un golpe seco y luego tres más. Un fuerte grito de dolor sale de la garganta de Dimas.

La cámara enfoca el llanto de todos los familiares. Sara está consolada por Mateo. Simón se ha puesto entre Esteban y Silas y los abraza a los dos que lloran sin hallar consuelo.

Luego se escucha un golpe diferente es el mismo verdugo que clava el rótulo DIMAS LATRO sobre la cruz de Dimas.

(La cámara nos enfoca el detalle del mismo verdugo colocando estacas y piedras para cimentar la primera cruz. La toma parece repetirse, pero esta vez es Jesús que está sostenido por los soldados. El verdugo apunta el clavo, levanta su martillo y Jesús deja escapar un grito ahogado pero conmovedor.)

Su madre María se ve consolada por Juan y María magdalena, pero hay otras mujeres detrás de ellas con muestras de mucho dolor.
Igualmente se oye diferente el martillo es sobre el rótulo IESUS NAZARENUS REX IUDIORUM.

(Para la siguiente toma se verá ligeramente al fondo las dos cruces que ya están clavadas en sus lugares. Un mayor número de soldados sostienen a un batallador Gestas.)

El verdugo apunta el cavo y se escucha el sonido seco. Se mira el rostro de Gestas que se estremece y grita:
GESTAS.- ¡Ay! Malditos, Perros romanos la pagarán. ¡Ay! ¡Ay!

(*La cámara parece retirarse para mostrarnos la escena panorámicamente. los tres condenados en sus cruces. Tienen una madera de apoyo para sus pies y cada uno de ellos su letrero*)
(*La cámara muestra todo el grupo de personas presentes, que coincide con la escena #1 Luego se acerca cada vez más y más a los ojos de Dimas y parece que su mente se estremece, y las palabras de Jesús retumban nuevamente: La toma así presentada debe dar la idea de que todo lo antes visto eran los recuerdos de Dimas.*)

JESÚS.- Eloí, Eloí Lamma Sabatani,

ESCENA 204

LUGAR: Jerusalén: Monte Calvario
PERSONAJES: Nicodemo Todos los otros personajes de la escena anterior.
TIEMPO: Hay obscuridad en la tarde, es extraña debido al eclipse que ya ha empezado.

(*La toma de la cámara nos da la impresión de que lo visto es lo que el personaje está viendo*)

Nicodemo ayudado de un palo ha subido al Calvario. Llega por detrás y el grupo de personas le abre paso.
Ahora la cámara lo enfoca de frente.
NICODEMO.- ¡Qué han hecho! (Lo dice como una expresión mientras mantiene sus ojos en la Cruz de Jesús)
JESÚS.- Tengo sed.
Un soldado moja una esponja en vinagre, la esponja está amarrada a una vara y la extiende para que beba. Pero Jesús no la prueba.

(*La cámara muestra un acercamiento a la cara de Gestas*)

GESTAS.- ¡No. No lo vas a lograr. Falso profeta! Bájanos de la cruz, líbranos de nuestros tormentos y creeremos en ti. ¿No eres tú el Mesías? ¡Sálvate a ti mismo y también a nosotros!

(La cámara hace un acercamiento a Dimas y un mayor acercamiento a sus ojos y repite una parte de la escena 184 cuando Jesús le dice: "Yo te prometo que no morirás antes de haber visto a tu Salvador.")

DIMAS.- ¡Calla! ¿No temes a Dios tú que estás en el mismo suplicio? Nosotros lo hemos merecido y pagamos lo que hemos hecho, pero éste no ha cometido nada malo. (A Jesús) Jesús, Acuérdate de mí cuando entres a tu Reino.

JESÚS.- (FUERTE) En verdad te digo que hoy mismo estarás conmigo en el paraíso.

El rostro de Esteban se ilumina y a pesar de estar lloroso, se dibuja en su rostro una sonrisa y levanta a ver a su padre y abraza sus pies.

En este momento Esteban mira desde su lugar a todas las personas que están frente a las cruces.

(La cámara muestra los distintos grupos de personas en varias actitudes que miran a los sentenciados)

Esteban repara en la presencia de Nicodemo y dejando un momento su lugar va hacia él y le pregunta:

ESTEBAN.- ¿Por qué este profeta ha sido tratado así?

NICODEMO.- El es más que un profeta, El es el Cordero de Dios que quita los pecados del mundo, y tú sabes que los corderos son sacrificados para el perdón de nuestros pecados.

(La cámara hace un acercamiento al rostro de Jesús de abajo hacia arriba)

Jesús se dirige a su madre (y este diálogo se realiza en voz baja)

JESÚS.- Mujer, ahí tienes a tu hijo. (Muestra con sus ojos a Juan)

María su madre mira a Juan el apóstol.

Jesús se dirige entonces a Juan.

JESÚS.- Hijo, ahí tienes a tu madre.

Juan pone su mano sobre el hombro de María.

ESCENA 205

LUGAR : El Calvario (Jerusalén)

PERSONAJES: Rómulo, el centurión romano está llegando al Calvario Están todos los otros personajes.

Primero se mira desde atrás a un soldado romano a caballo llegando a la cima del Calvario. Las personas le abren paso. El soldado detiene su caballo. (La cámara muestra al soldado de frente, es Rómulo, que se ha quedado atónito ante lo que sus ojos han visto. Baja su cabeza, la mueve así como negando lo que sus ojos han visto y se da golpes en su pecho. Mira a un lado y a otro y dice a mediana voz.

RÓMULO.- ¿Qué han hecho?

La gente presente en el Calvario empieza a notar la extraña obscuridad Levantan su mirada, señalan al sol. Hay murmullos en el ambiente.

JESÚS.- (La respiración de Jesús se ha vuelto difícil. Gritando aunque dificultosamente y alzando su mirada a lo alto) PADRE... EN ...TUS MANOS... ENCOMIENDO MI ESPÍRITU.

Jesús inclina su cabeza. Ha fallecido.

Un temblor de tierra se siente, y hay más obscuridad.(La gente siente susto)

DIMAS.- Verdaderamente este Hombre era el Hijo de Dios! Mirad al cielo, mirad la obscuridad, reconozcan que Este Hombre fue el enviado de Dios. ¡Han matado al Hijo de Dios! ¿Qué no han sentido a la tierra estremecerse? ¿Qué esperan para arrepentirse y pedirle perdón?

Muchas personas lo escuchan y se dan golpes de pecho y se retiran del Calvario.

DIMAS.- (Gritando) La tierra entera ha temblado por este pecado. Reconozcan todos éste es nuestro mesías.

SUMO SACERDOTE .- ¡Callen a ese ladrón, No sabe lo que dice!

ESTEBAN.- (Sorprendido, hablando con Simón) ¡Mi padre está predicando!

SIMÓN.- Ese Hombre fue alguien muy especial, cambió mi vida desde que le ayudé a llevar la cruz.

RÓMULO.- ¡Han matado al enviado de Dios! Al Hombre de grandes milagros.

Anás se acerca al jefe de los soldados y conversa con él en voz baja.

ANÁS.- Se acerca el sábado, y éste en especial, es muy importante para nosotros, porque es La Pascua Judía, por tanto, hay que acelerar la muerte de los condenados.

El jefe de los soldados mueve su cabeza en señal de aprobación, luego se acerca a un soldado habla con él. Mientras su jefe habla con él el soldado se pone en actitud militar de firmes. Y baja su cabeza en actitud de aprobación.

Este soldado va frente a la cruz de Gestas y le produce con su espada un corte en la pierna de Gestas. La sangre empieza a salir en forma constante.

GESTAS.- (Con fuerza) ¡Ay! ¡Desgraciado, que te pudras en el infierno, asesino!! !Ay, ay!

Pasa a la cruz de Jesús, lo mira atentamente una y otra vez, pero para no tener duda de que está muerto Clava su espada en el costado.

(La cámara muestra en detalle; Sangre y algo de agua sale de su costado.)

Va luego a la cruz de Dimas con su espada le hace un profundo corte en la pierna y la sangre empieza a manar.

DIMAS.- ¡Ay! (Mira a la cruz de Jesús y dice con fuerza) ¡Señor Perdónale porque no sabe lo que hace! ¡Yo le perdono como Tú le perdonaste!

Hay extrañeza en el soldado y entre los familiares de Dimas.

ESTEBAN.- Padre, descansa en paz, siempre serás mi modelo, Yo cuidaré de mi madre y de mi hermana.

La respiración de Dimas, se ha vuelto difícil. Dimas gira su cabeza a la izquierda para mostrar de ese modo a Jesús

DIMAS.- Él... es el modelo... de todos. (mira a su izquierda nuevamente y con gran esfuerzo dice) Señor ... en tus manos ... encomiendo mi espíritu.

Inclina su cabeza y fallece.

Todo el grupo familiar abraza la cruz.

Hay una música, que inicia suave y va ganando volumen.
La escena empieza a alejarse. Se miran las tres cruces cada vez más lejos.

ESCENA 206

LUGAR: Algún punto alto en Jerusalén desde donde se ve el Calvario a gran distancia con tres reos crucificados.

PERSONAJE.- Barrabás.

EL alejamiento de la escena del Calvario continúa, hay una obscuridad relativa, por el efecto del eclipse.

(*La Cámara enfoca claramente a Barrabás mirando al Calvario*)

BARRABÁS.- (Con voz muy fuerte) Creo en ti Señor, Tú me dijiste que serías mi salvador. Yo debí estar muerto en esa cruz y tú me salvaste.

Hay una música que acompaña las palabras de Barrabás.

BARRABÁS.- (Continúa)Tú dijiste que de la misma manera salvarías a todos los hombres de la muerte eterna. Gracias por salvar mi vida de la muerte. (Gritando, alza las manos como orando mientras dice:) Reconozco que soy pecador y te reconozco a ti como mi Salvador y como al Salvador de todo el mundo. (Baja su cabeza, se arrodilla y con la manos en alto se queda mirando al Calvario.)

A lo lejos está la silueta del Calvario y los tres condenados y hay una música de esperanza de triunfo y de gloria.

F I N